LE HUSSARD

ARTURO PÉREZ-REVERTE

LE HUSSARD

roman

TRADUIT DE L'ESPAGNOL
PAR FRANÇOIS MASPERO

LE GRAND LIVRE DU MOIS

Titre original : *El Húsar*
Éditeur original : Grupo Santillana de Ediciones, S.A.

ISBN original : 84-204-0193-5

À Claude, vieux compagnon de guerres lointaines
et de chemins qui ne vont nulle part.

NOTE DE L'AUTEUR

Le Hussard est mon premier roman. Écrit en 1983 entre deux reportages de guerre – je n'avais pas alors l'intention de me consacrer à la littérature – et publié presque par hasard dans une maison d'édition avec laquelle je n'ai jamais entretenu de bonnes relations, j'ai attendu vingt-cinq ans pour en récupérer les droits. Il revoit la lumière aujourd'hui dans des conditions enfin satisfaisantes pour son auteur, dûment révisé, après correction de diverses erreurs et suppression de quelques adverbes et adjectifs superflus.

Moi d'abord la campagne, faut que je le dise tout de suite, j'ai jamais pu la sentir, je l'ai toujours trouvée triste, avec ses bourbiers qui n'en finissent pas, ses maisons où les gens n'y sont jamais et ses chemins qui ne vont nulle part. Mais quand on y ajoute la guerre en plus, c'est à pas y tenir.

L.-F. CÉLINE, *Voyage au bout de la nuit*

1. La nuit

La lame du sabre le fascinait. Frédéric Glüntz était incapable de quitter des yeux l'acier poli qui, sorti du fourreau, luisait entre ses mains en lançant des éclairs rougeâtres chaque fois qu'un courant d'air agitait la flamme de la lampe à huile. Il passa une fois de plus la pierre à aiguiser sur le fil et eut un frisson en constatant la perfection de son tranchant.

– C'est un bon sabre, dit-il, songeur et convaincu.

Michel de Bourmont était allongé sur le lit de camp, sa pipe en terre entre les dents, absorbé dans la contemplation des spirales de fumée. En entendant cette réflexion, il tordit sa moustache blonde en signe de protestation.

– Ce n'est pas une arme de gentilhomme, lâcha-t-il sans changer de position.

Frédéric Glüntz observa une pause dans sa besogne et regarda son ami.

– Pourquoi ?

Bourmont plissa les yeux. Il y avait une pointe d'ironie dans sa voix, comme si la réponse était évidente.

– Parce qu'un sabre exclut toute forme d'élégance... Il est lourd et terriblement vulgaire.

Frédéric eut un sourire bon enfant.

– Tu préfères peut-être une arme à feu ?

Bourmont poussa un gémissement horrifié.

– Pour l'amour de Dieu, certainement pas, s'exclama-t-il avec la distinction qui convenait. Tuer à distance n'est guère honorable, mon cher. Un pistolet n'est rien d'autre que le symbole d'une civilisation décadente. Je préfère, par exemple, le fleuret ; il est plus flexible, plus...

– Élégant ?

– Oui. C'est probablement le mot exact : élégant. Le sabre est davantage un instrument de boucherie qu'autre chose. Il ne sert qu'à tailler dans le vif.

Se concentrant sur sa pipe, Bourmont laissa entendre que, pour lui, la discussion était close. Il s'était exprimé avec ce léger zézaiement, si particulier et si distingué, qui revenait à la mode et que beaucoup, au 4e hussards, s'efforçaient d'imiter. Les temps de la guillotine étaient loin, et les rejetons de la vieille aristocratie pouvaient relever la tête sans crainte de la perdre, du moment qu'ils avaient le tact de ne pas contester les mérites de ceux qui avaient gravi les degrés du nouvel ordre social grâce à la valeur de leur épée ou à la protection des proches de l'Empereur.

Aucune de ces circonstances ne concernait Frédéric Glüntz. Deuxième enfant d'un prospère négociant de Strasbourg, il avait quitté trois ans plus tôt son Alsace natale pour entrer à l'École militaire, dans la cavalerie. Il en était sorti depuis trois mois, peu de temps après avoir fêté son dix-neuvième anniversaire, avec le grade de sous-lieutenant et une feuille de route en poche : le 4e régiment de hussards, pour l'heure détaché en Espagne. Pour un jeune officier sans expérience, il n'était pas facile, à l'époque, d'être incorporé dans un corps d'élite comme la cavalerie légère, convoitée par une multitude de ses semblables. Néanmoins, d'excellents résultats à la fin de ses cours, certaines lettres de recommandation et la guerre dans la Péninsule qui créait continuellement des postes vacants avaient rendu le miracle possible.

Frédéric posa la pierre à aiguiser et écarta les cheveux qui lui barraient le front. Ils étaient châtain clair et abondants, même s'ils n'atteignaient pas la longueur voulue pour permettre de tresser la queue et les nattes typiques des hussards. L'autre élément capillaire caractéristique, une moustache, était pour le moment une chimère ; les joues du jeune Glüntz n'étaient garnies que d'un rare duvet blond, qu'il se faisait raser dans l'espoir de le voir forcir. Tout cela lui donnait l'apparence d'un adolescent.

Il contempla le sabre, main serrée sur la poignée, et joua quelques instants avec le reflet de la lampe sur la lame.

– C'est un bon sabre, répéta-t-il avec satisfaction, et cette fois Michel de Bourmont s'abstint de tout commentaire.

Il s'agissait de l'arme appelée improprement « modèle léger pour cavalerie de l'an XI », un lourd outil à tuer avec une lame d'une longueur de trente-sept pouces, comme le stipulait le règlement, assez courte pour ne pas traîner par terre et assez longue pour égorger commodément un ennemi à cheval ou à pied. En fait, c'était l'une des armes blanches les plus en usage dans la cavalerie légère, même si l'utilisation de ce modèle précis n'était pas obligatoire. Michel de Bourmont, par exemple, possédait un sabre de 1786, plus lourd, qui avait appartenu à un sien parent mort à Iéna et dont il savait se servir avec une remarquable dextérité. Tel était du moins l'avis de ceux qui l'avaient vu le manier dans les ruelles étroites proches du Palais royal de Madrid, quelques mois plus tôt, le sang ruisselant sur la poignée et sur la manche du dolman, jusqu'au coude.

Frédéric posa le sabre sur ses genoux et le regarda avec fierté : le fil était impeccable. « Pour tailler dans le vif », avait dit son camarade. C'était vrai, mais son jeune propriétaire n'avait pas encore eu l'occasion de se servir de son sabre dont l'acier était intact, sans la moindre ébréchure ; vierge, si sa rigide éducation luthérienne lui permettait de recourir mentalement à ce mot. Vierge de sang, comme Frédéric lui-même l'était de femmes. Mais cette nuit, bien des heures avant l'aube, sous un ciel espagnol chargé d'épais nuages qui cachaient les étoiles, les femmes étaient très loin à l'horizon. L'immédiat avait la couleur du sang, c'était le fracas de l'acier heurtant l'acier ennemi, les nuées de poussière soulevées par le galop sur un champ de bataille. Telles étaient du moins les prévisions du colonel Letac, le Breton arrogant, brutal et courageux qui commandait le régiment :

– Sachez, hum, messieurs, que ces paysans se concentrent enfin : une charge, hein, une seule, et ils détaleront, épouvantés, hum, à travers toute l'Andalousie…

Frédéric aimait bien Letac. Le colonel avait une tête rude de soldat avec des cicatrices de coups de sabre sur les joues ; un homme de l'an II, l'Italie avec le Premier consul et Austerlitz, Iéna, Eylau, Friedland… L'Europe de part en part, une belle carrière pour quelqu'un qui avait commencé comme simple brigadier en garnison à Brest. Le colonel avait causé à Frédéric une excellente impression quand, arrivant au régiment, il était allé lui présenter ses respects. La brève entrevue avait eu lieu à Aranjuez. Le jeune sous-lieutenant s'était mis sur son trente et un, sanglé dans l'élégant uniforme de parade bleu indigo, pelisse écarlate et bottes hautes, et, le cœur battant, il était allé prendre les ordres du chef du 4e hussards. Letac l'avait reçu dans le bureau de sa résidence, un luxueux hôtel particulier réquisitionné dont les fenêtres donnaient sur un gracieux méandre du Tage entre les saules.

« Comment avez-vous dit...? Hum, sous-lieutenant Glüntz, ah oui ! je vois. Eh bien, mon cher, c'est un plaisir de vous accueillir parmi nous, vous vous y ferez vite, excellents camarades et tout le reste, vous savez, la crème de la crème, tradition et tout ça... Parfait, le drap de ce dolman, parfait : Paris, hein ? Oui, bien sûr. Eh bien, mon jeune ami, allez vaquer à vos occupations... Honorez le régiment et tout ce qui s'ensuit, ce sera votre famille, oui, je vous assure, et j'en suis le père... Ah ! et surtout pas de duels, très mal vu, le sang chaud, la fougue et tout ça, très blâmable, sauf si on n'a pas le choix, hum ! De l'honneur, toujours de l'honneur, tout doit se passer entre gens de qualité, hum, en famille, discrètement, vous m'avez, hum, compris. »

Le colonel Letac avait la réputation d'être un excellent cavalier et un soldat plein de bravoure, qualités de base exigibles de tout hussard. Il menait le régiment d'une main ferme, combinant un certain paternalisme avec une discipline efficace quoique flexible, cette dernière condition étant des plus nécessaires pour contrôler quatre escadrons de cavalerie légère qui, par tradition et par caractère, formaient l'un des plus audacieux, des plus ingouvernables et des plus courageux régiments impériaux. Le style provocant et indépendant des hussards, qui donnait tant de maux de tête pendant les périodes de calme, se révélait extrêmement utile en campagne. Letac gouvernait ce demi-millier de militaires avec une désinvolture que seule expliquait sa longue expérience. Le colonel s'efforçait d'être ferme, juste et raisonnable avec ses hommes, et l'on doit lui rendre cette justice qu'il y parvenait souvent. Il avait aussi la réputation de se comporter avec cruauté face à l'ennemi ; mais, s'agissant d'un hussard, nul n'aurait eu l'idée que cela diminue en rien ses qualités.

*

Le fil du sabre était désormais en état d'accomplir de façon irréprochable la besogne mortelle pour laquelle il avait été conçu. Frédéric fit briller une dernière fois la flamme de la lampe le long de la lame, puis glissa celle-ci délicatement dans le fourreau en caressant des doigts le *N* impérial frappé sur la garde en cuivre. Michel de Bourmont, qui continuait de fumer en silence, surprit le geste et sourit sur son lit de camp. Il n'y mettait aucun mépris ; Frédéric savait déjà comment interpréter chaque sourire de son ami, qu'il s'agisse de la sombre – et souvent dangereuse – demi-grimace qui découvrait en partie sa dentition blanche et parfaite en lui donnant une lointaine ressemblance avec un loup sur le point d'attaquer, ou de l'expression de camaraderie non exempte de tendresse que, comme en ce moment, il réservait aux quelques rares personnes qu'il estimait. Frédéric faisait partie de ces privilégiés.

– C'est demain le grand jour, lui dit Bourmont dans une bouffée de fumée, l'ultime vestige de son sourire flottant encore sur ses lèvres. Tu es au courant : une charge, hein, qui fera détaler ces paysans, hum, à travers toute l'Andalousie.

L'imitation de Letac était parfaite et sans malice, et cette fois ce fut au tour de Frédéric de sourire. Après quoi, tenant toujours le sabre, il hocha affirmativement la tête.

– Oui, répondit-il en s'efforçant de prendre le ton détaché qui était supposé convenir à un hussard à la veille d'un combat où il pourrait laisser sa peau. On dirait que les choses vont enfin devenir sérieuses.

– C'est le bruit qui court.

– Espérons que, cette fois, il est fondé.

Bourmont se redressa pour s'asseoir sur son lit. La queue-de-cheval et les deux minces nattes blondes qui tombaient de ses tempes jusqu'à ses épaules selon l'ancestrale tradition du corps étaient parfaitement coiffées ; le dolman entrouvert – la veste bleue courte et ajustée du 4e hussards – laissait voir une chemise d'un blanc immaculé ; sous le pantalon hongrois – également indigo – deux éperons étincelants enserraient les bottes noires en cuir de veau, impeccablement cirées. Une telle correction dans la mise ne laissait pas d'être méritoire sous la toile de cette tente, plantée sur un plateau poussiéreux des abords de Cordoue.

– Tu l'as bien affûté ? s'enquit-il en désignant le sabre de Frédéric du tuyau de sa pipe.

– Je crois que oui.

Bourmont sourit de nouveau. La fumée lui faisait plisser les yeux, insolemment bleus. Frédéric observa le visage de son ami, où la lumière de la lampe à huile projetait des ombres dansantes. C'était un beau garçon, dont les manières et l'assurance révélaient immédiatement des origines aristocratiques. Descendant d'une illustre famille du Midi, son géniteur avait eu le bon sens de se convertir sans coup férir en citoyen Bourmont dès que les premiers sans-culottes avaient commencé à le regarder avec des yeux torves. La distribution bienvenue de certaines terres et richesses, une non moins opportune profession de foi antiroyaliste, ainsi que de discrètes mais solides amitiés parmi les plus célèbres guillotineurs de l'époque lui avaient permis de tenir bon sans trop de dommages dans la tourmente qui s'était abattue sur la France et d'assister, après avoir conservé l'intégralité de son anatomie et une partie non négligeable de son patrimoine, à l'irrésistible ascension du parvenu corse : ce dernier terme restant bien entendu réservé aux discrètes conversations sur l'oreiller entre M. et Mme de Bourmont.

Michel de Bourmont fils, en conséquence, était ce qu'avant 1789, et de nouveau depuis quelques années, on pouvait définir sans trop de risques pour l'intéressé comme un « jeune homme bien né ». Il avait embrassé la carrière des armes très tôt, la bourse bien remplie, apportant à sa manière, dans ce torrent de vulgarité fanfaronne qu'était l'armée napoléonienne, un certain style qui, grâce à ses qualités personnelles, sa générosité, et une intuition particulière dans les relations avec autrui, loin d'irriter ses égaux ou ses supérieurs, avait même fini par être considéré dans le régiment comme étant de bon ton, voire souvent imité. Il avait pour lui sa jeunesse – il venait d'avoir vingt ans en Espagne –, il inspirait la sympathie, il était élégant, et son courage était reconnu. Tout cela avait permis à Michel de Bourmont de récupérer sans susciter de soupçons excessifs la particule si opportunément oubliée par son père aux jours funestes du tumulte révolutionnaire. Par ailleurs, sa promotion au grade de lieutenant était considérée comme acquise, et seules quelques semaines le séparaient du moment où elle deviendrait effective.

Pour Frédéric Glüntz, jeune sous-lieutenant nourri de tous les vastes rêves de gloire que peut contenir une solide tête de dix-neuf ans, le colonel Letac représentait ce qu'il aurait voulu devenir, tandis que Michel de Bourmont était ce qu'il aurait voulu être, l'incarnation d'un rang personnel et social que jamais il n'atteindrait, même s'il parvenait à faire fortune dans sa vie future. Letac lui-même, qui en vingt ans de dures campagnes avait obtenu tout ce qu'un soldat loyal et ambitieux pouvait souhaiter, ne posséderait jamais cet air distingué de bonne souche, ce style particulier d'un garçon qui, selon le mot du colonel en personne, « depuis son enfance, rendez-vous compte, a fait pipi sur des tapis de Perse... ». Bourmont détenait tout cela sans trop en tirer vanité – n'en pas tirer vanité du tout eût été trop demander à un officier de hussards, le corps le plus élitiste, ostentatoire et fanfaron de toute la cavalerie légère de l'Empereur. Voilà pourquoi le sous-lieutenant Frédéric Glüntz, fils d'un simple bourgeois, l'admirait.

Affectés comme sous-lieutenants dans le même escadron, l'amitié qui s'était instaurée entre eux était celle qui peut unir deux jeunes gens du même âge : cela était venu imperceptiblement, en partant d'une sympathie mutuelle plus fondée sur l'instinct que sur des éléments rationnels. Certes, le fait de partager la même tente en campagne avait contribué à resserrer leurs liens ; un mois passé à affronter épaule contre épaule les duretés de la vie militaire rapprochait solidement, surtout quand s'y mêlait une affinité commune de goûts et de rêves juvéniles. Ils s'étaient fait de discrètes confidences, et leur intimité s'était renforcée au point qu'ils avaient fini par se tutoyer, trait significatif du genre de relations qu'ils entretenaient, si l'on tient compte que, chez les officiers du 4e hussards, un vouvoiement rigoureux était considéré comme la forme protocolaire de toute conversation.

Un événement dramatique avait consolidé définitivement cette amitié. Il s'était produit quelques semaines auparavant, alors que le régiment se trouvait en cantonnement à Cordoue où il se préparait à partir en opérations. Les deux sous-lieutenants, libérés de leur service, étaient allés se promener un soir dans les ruelles de la ville. La promenade était plaisante, la température agréable, et ils firent plusieurs haltes pour boire un certain nombre de pichets de vin espagnol. En passant devant une maison, ils eurent la vision fugace, à travers une fenêtre éclairée, d'une charmante jeune fille, et ils restèrent postés un long moment en face de la jalousie dans l'espoir de la contempler de nouveau. Cela s'avéra impossible et, désappointés, ils décidèrent d'entrer dans une taverne où le vin andalou se chargerait de dissiper le souvenir de la belle inconnue. En franchissant le seuil, ils furent joyeusement salués par une demi-douzaine d'officiers français, dont deux faisaient partie du 4e hussards. Invités à s'unir à la société, ils le firent de bonne grâce.

La soirée s'écoula en discussions animées, arrosées de pichets et de bouteilles qu'un tenancier hargneux leur servait sans arrêt. Ils passèrent là quelques heures de détente, jusqu'au moment où un lieutenant de chasseurs à cheval appelé Fucken, les coudes sur la table tachée de vin, exprima diverses critiques sur la loyauté de certains rejetons de la vieille aristocratie envers l'Empereur, loyauté que Fucken considérait comme hautement discutable.

« Je suis sûr, dit-il, que si les royalistes parvenaient à lever une authentique armée et que nous devions les affronter en rase campagne, plus d'un de ceux qui servent dans nos rangs passerait à l'ennemi. Ils ont la fleur de lys dans le sang. »

Même si cette assertion avait pris sa source dans les vapeurs de l'alcool et une atmosphère chargée de fumée de pipes et de cigares, son impertinence était injustifiable. Tous les présents, y compris Frédéric, tournèrent les yeux vers Michel de Bourmont, et celui-ci considéra qu'il était de son devoir de se sentir visé. Son sourire caractéristique de loup lui tordit la bouche, mais le regard qu'il adressa à l'imprudent, froid comme un glaçon, établissait en toute clarté qu'il n'y mettait pas la moindre trace d'humour.

« Lieutenant Fucken ! annonça-t-il avec la plus grande sérénité, dans le silence attentif qui s'était établi autour de la table. Je présume que ce commentaire déplacé est une allusion à certaine classe que je m'honore de représenter… Me suis-je trompé ? »

Fucken, un Lorrain aux cheveux frisés et aux yeux noirs dont l'apparence rappelait vaguement Murat, se troubla, mal à l'aise. Il était conscient de sa bévue, mais plusieurs officiers assistaient à la scène. Il lui était donc impossible de se rétracter.

« Libre à vous de vous sentir visé », répondit-il en pointant le menton.

Tous les témoins se dévisagèrent d'un air entendu, comprenant que la suite était inévitable. Il ne restait plus qu'à observer scrupuleusement le rituel qui, à n'en pas douter, ne saurait tarder à se dérouler. Les figures étaient graves et intéressées, chacun se montrant soucieux de ne pas perdre un seul détail de la conversation. Il s'agissait de retenir les mots et les gestes qui, quand tout serait terminé, permettraient de narrer l'événement aux camarades des diverses unités.

Frédéric, qui se voyait confronté à une telle situation pour la première fois, était surpris et gêné car, même novice en ce genre d'affaires, il n'en comprenait pas moins la signification dramatique et ses conséquences. Il regarda son ami Bourmont poser son verre sur la table avec une lenteur délibérée. Un capitaine, l'officier le plus âgé de l'assistance, murmura sans conviction un « allons, messieurs, gardons notre sang-froid », pour tenter d'apaiser les esprits, mais personne ne lui fit écho ni ne lui accorda la moindre attention. Le capitaine haussa les épaules ; cela faisait également partie du rituel.

Bourmont tira un mouchoir de la manche de son dolman, s'essuya soigneusement les lèvres et se leva.

«Ce genre d'allusions fâcheuses doit être débattu un sabre à la main, dit-il avec le même sourire glacial. En dépit de la différence de grade, j'ose espérer, pour l'honneur de l'uniforme que nous portons tous les deux, que vous êtes prêt à me donner la satisfaction de discuter de ce sujet avec moi.»

Fucken resta assis, regardant fixement son interlocuteur. En constatant qu'il ne répondait pas, Bourmont posa doucement une main sur la table.

«Je sais, poursuivit-il sur le même ton, que les usages en ce genre d'affaires sont défavorables à ce que deux officiers de grade différent débattent les armes à la main de questions privées... Mais comme ma nomination de lieutenant est déjà approuvée et qu'elle sera chose faite d'ici peu, j'estime qu'en l'occurrence l'aspect formel de l'affaire est respecté. Certes, nous pourrions attendre que ma promotion soit devenue effective; mais voyez-vous, lieutenant Fucken, nos régiments vont partir d'ici peu en campagne, et je serais extrêmement fâché si quelqu'un d'autre venait à vous tuer avant moi.»

Les derniers mots prononcés par Bourmont ne pouvaient être pris à la légère, et l'assistance admirative et silencieuse les trouva fort à propos; ils ne laissaient à Fucken, homme d'honneur et officier, d'autre issue que de se battre.

Fucken se leva.

«Quand vous voudrez, répondit-il fermement.

– Sur-le-champ, si cela vous convient.»

Frédéric laissa s'échapper l'air qu'il avait retenu dans ses poumons et se leva avec les autres, abasourdi. Bourmont s'était tourné vers lui et le dévisageait avec une gravité qui n'était pas dans leurs habitudes.

« Sous-lieutenant Glüntz, me ferez-vous l'amabilité de me servir de témoin ? »

Frédéric bafouilla en hâte une réponse affirmative, en se sentant rougir. Bourmont choisit pour second témoin un autre hussard, lieutenant au 2e escadron. De son côté, Fucken désigna un capitaine plus âgé et un lieutenant de son régiment. Les quatre hommes – il serait plus exact de dire les trois hommes avec l'assentiment muet de Frédéric – se retirèrent quelques instants pour discuter de la forme et du lieu de la rencontre, tandis que les deux adversaires restaient silencieux, entourés de leurs amis et camarades respectifs, en évitant de se regarder jusqu'à ce que vienne le moment d'empoigner leurs armes.

Il fut décidé que le duel serait livré au sabre, et le capitaine qui servait de témoin à Fucken s'offrit solennellement à indiquer un lieu approprié et à l'abri des regards indésirables, où le différend pourrait être réglé dans la plus grande discrétion. Il s'agissait du jardin d'une maison abandonnée aux abords de la ville, et tous se mirent en marche avec la gravité qu'exigeaient les circonstances, en emportant deux lampes à pétrole de la taverne.

La nuit restait douce et le ciel était constellé d'étoiles autour d'une lune aiguisée comme un poignard. Une fois dans le jardin, les préparatifs furent rapides. Les deux adversaires se mirent en chemise, pénétrèrent dans le cercle délimité par la lumière des lampes et, quelques instants plus tard, leurs sabres se croisèrent.

Fucken était brave. Il se fendait à fond en prenant beaucoup de risques et cherchait à toucher son adversaire à la tête ou aux bras. Bourmont se battait avec flegme, presque toujours sur la défensive, étudiant son vis-à-vis et démontrant qu'il avait bénéficié des enseignements d'un excellent maître d'escrime. La sueur trempait déjà leurs chemises quand Fucken, blessé en attaquant, recula de trois pas en lâchant un juron : un filet de sang coulait de son bras gauche. Bourmont s'arrêta et baissa son sabre.

« Vous êtes blessé, dit-il avec une courtoisie où l'on ne décelait pas le moindre accent triomphant. Vous sentez-vous bien ? »

Fucken était aveuglé par la colère.

« Parfaitement bien ! Poursuivons ! »

Bourmont lui adressa un léger salut de la tête, para en quarte un furieux coup de pointe et chargea à trois reprises, rapide comme l'éclair. Le troisième coup de sabre atteignit Fucken au flanc droit, sans traverser les côtes, mais en y ouvrant une large entaille. Fucken pâlit, lâcha son sabre et resta à regarder Bourmont, les yeux troubles.

« Je crois que c'est suffisant, dit ce dernier, en faisant passer son sabre dans la main gauche. Pour ma part, je m'estime satisfait. »

Fucken continuait de le regarder, dents serrées, une main sur sa blessure, faisant de visibles efforts pour rester debout.

« C'est juste », répondit-il d'une voix faible.

Bourmont rengaina son sabre et salua avec une politesse exquise.

« Ce fut un honneur de me battre avec vous, lieutenant Fucken. Naturellement, je reste à votre disposition au cas où, une fois guéri, vous souhaiteriez poursuivre cette discussion.»

Le blessé hocha négativement la tête.

«Ce ne sera pas nécessaire, dit-il avec honnêteté. Le combat a été loyal.»

Tous les présents se déclarèrent d'accord, et la question fut considérée comme réglée. Le lieutenant de chasseurs mit dix jours à guérir de sa blessure et, au dire de relations communes, il ne manquait pas une occasion, en parlant de ce duel, d'affirmer qu'il considérait comme un honneur de s'être battu avec quelqu'un qui, à tout moment, avait fait la preuve qu'il était un officier et un gentilhomme.

L'incident ne tarda pas à devenir un sujet de conversation dans toutes les réunions d'officiers de la garnison de Cordoue, venant ainsi grossir la collection d'anecdotes des deux régiments impliqués. Pour sa part, le colonel Letac, chef du 4e hussards, convoqua Bourmont et le gratifia d'une diatribe furibonde qui se conclut par une mise aux arrêts de vingt jours. Plus tard, commentant l'affaire en privé avec son aide de camp, le commandant Hulot, Letac se fit un devoir d'exposer son point de vue:

«Par l'enfer, Hulot, j'ai pris plaisir, hum, à voir la tête du vieux Dupuy, vous savez, ce poseur de colonel de chasseurs, diantre, deux boutonnières dans la peau d'un de ses chiots, bien ajustés à ce qu'on m'a conté, excellent et tout le reste, hein, l'essentiel est que le régiment se fasse respecter, un hussard est un hussard, par Belzébuth, certes il y avait un grade de différence, que diable, tout cela est fort blâmable, irrégulier, mais, hum, l'honneur et tout le reste, vous me comprenez... Et puis ce jeune Bourmont, bonne famille, s'est révélé bon duelliste, du sang-froid et tout ce qui s'ensuit, il a reçu ma..., hum, réprimande sans sourciller, de la classe, bonne race et tout ce qui va avec, je lui ai collé vingt jours, impassible, le garçon, et il devait sourire en son for intérieur, le bougre, même le dernier des fourriers sait que nous partons en campagne avant une semaine, garder les apparences, de pure forme, hum, et tout le reste. Pas un mot là-dessus, Hulot, confidences et tout ce qui s'ensuit.»

Inutile de préciser que le commandant Hulot ne manqua pas de répéter les confidences du colonel aussi fidèlement que possible, tant dans leur forme et que dans leur contenu, au premier chien coiffé passant à sa portée.

Quant aux arrêts de rigueur de vingt jours appliqués au sous-lieutenant de Bourmont, ils se trouvèrent nettement réduits par les nécessités du service. La sanction de Letac fut appliquée un lundi; le jeudi au petit matin, le 4e hussards quittait Cordoue.

*

Quatorze jours s'étaient écoulés depuis leur départ, et d'autres affaires plus importantes accaparaient désormais l'attention du régiment. Frédéric Glüntz posa le sabre et regarda son ami. Cela faisait un moment qu'une interrogation lui brûlait les lèvres.

– Michel... qu'est-ce qu'on ressent?

– Pardon?

Frédéric eut un sourire timide. Il semblait s'excuser de poser une question aussi intime.

– J'aimerais savoir ce qu'on ressent quand on assène un coup à un homme… À un ennemi, je veux dire. Quand on se bat pour tuer, quand on sabre.

Le rictus de loup crispa les lèvres de Michel de Bourmont.

– On ne ressent rien… répondit-il avec le plus grand naturel. C'est un peu comme si le monde cessait d'exister autour de toi… L'esprit et le cœur travaillent à toute vitesse, unissant leurs efforts pour porter le coup qu'il faut à l'endroit qu'il faut… C'est ton instinct qui guide tes coups.

– Et l'adversaire ?

Bourmont haussa les épaules d'un air méprisant.

– L'adversaire est seulement un autre sabre qui s'agite en l'air en cherchant ta tête, et tu dois l'éviter en étant plus habile, plus rapide et plus précis que lui.

– Tu étais à Madrid pour les combats de mai…

– Oui. Mais ce n'étaient pas des adversaires. – Il y avait maintenant du dégoût dans la voix de Bourmont. – C'était une populace informe que nous avons ramenée à la raison en la sabrant et dont nous avons ensuite fusillé les meneurs.

– Tu t'es aussi battu en duel avec Fucken.

Bourmont eut un geste évasif.

– Un duel est un duel, dit-il comme s'il s'agissait d'une évidence qui ne pouvait pas s'expliquer d'une autre manière. Un duel est une affaire entre deux hommes de cœur, il a ses règles, et sa conclusion doit être honorable pour les intéressés.

– Mais l'autre soir, à Cordoue…

– L'autre soir, à Cordoue, le lieutenant Fucken n'était pas un ennemi.

Frédéric rit, incrédule.

– Ah non ? Qu'était-il, alors ? Vous avez échangé une douzaine de bons coups de sabre, et il a reçu une belle entaille.

– C'était normal. C'était pour ça que nous étions allés dans le jardin, mon cher. Pour nous battre.

– Et Fucken n'était pas un ennemi ?

Bourmont hocha négativement la tête en tirant longuement sur sa pipe.

– Non, dit-il au bout d'un moment. C'était un adversaire. Un ennemi, c'est différent.

– Par exemple ?

– Par exemple, l'Espagnol. Lui, c'est l'ennemi.

Frédéric prit une expression perplexe.

– C'est étrange, Michel. Tu as dit « l'Espagnol »... Ça signifie ce pays entier. Est-ce que je me trompe ?

Le visage de Michel de Bourmont s'était assombri. Il resta quelques instants silencieux.

– Tu parlais des événements de Madrid, dit-il enfin, d'un air grave. Cette tourbe fanatique, vociférant dans les rues, avait quelque chose de sinistre qui donnait la chair de poule, je t'assure. Il faut y avoir été pour comprendre ce que je veux dire... Tu te souviens de Juniac étripé, pendu à un arbre ? On ne t'a pas parlé des puits empoisonnés, de nos camarades assassinés dans leur sommeil, des embuscades des bandes rebelles qui ne connaissent pas la pitié ?... Écoute-moi bien : ici, même les chiens, les oiseaux, le soleil et les pierres sont nos ennemis.

Frédéric contempla la flamme de la lampe en tentant d'imaginer le visage de l'ennemi sur ces gens noirs et sales qui les regardaient silencieusement passer le long de leurs maisons blanchies à la chaux, sur lesquelles se réverbérait le terrible soleil andalou. C'étaient pour la plupart des femmes, des vieillards et des enfants. Les hommes valides avaient fui dans les montagnes, parmi les immenses oliveraies qui escaladaient les versants des collines. Le commandant Berret, chef de l'escadron, les avait bien définis, devant le cadavre de Juniac :

« Ils sont comme des bêtes. Et nous les chasserons comme ce qu'ils sont, des vermines embusquées, sans faire de quartier. Nous pendrons un Espagnol à chaque arbre de cette terre maudite. Je le jure. »

Frédéric n'avait pas encore connu de rencontres avec des troupes rebelles espagnoles, pas même avec une de ces bandes armées qu'on appelait des « guérillas ». Mais l'occasion ne tarderait pas à se présenter. En ce moment, des unités de l'armée soulevée et des partis de paysans se concentraient pour s'opposer aux huit mille soldats français qui, sous le commandement du général Darsand, avaient pour mission de nettoyer la région de ses éléments hostiles en assurant les communications entre Jaén et Cordoue.

Cela n'avait rien de la guerre que le sous-lieutenant Glüntz avait imaginée ; et pourtant, c'était bien une guerre. Les modalités en étaient peut-être sordides à l'extrême, mais on n'avait pas le choix. Les scènes de rebelles pendus par les patrouilles d'avant-garde, témoins muets, aveugles et immobiles, la langue pendante et les yeux exorbités, les corps nus, noirs, assiégés par d'épais nuages de mouches, étaient devenues fréquentes au passage des troupes de l'Empereur. Le colonel Letac lui-même avait eu son meilleur cheval tué sous lui en entrant dans un village minuscule nommé Cecina ; un seul coup de mousqueton et une jument magnifique roulant à terre, qu'il avait ensuite fallu sacrifier. On n'avait pas pu trouver l'agresseur, aussi Letac, fou de rage de l'incident – « C'est intolérable, messieurs, une monture excellente, hein, répugnante couardise et, hum, tout le reste » –, avait-il ordonné des représailles appropriées :

« Allons, pendez-moi un de ces misérables, vous savez, ces gens qui ne savent jamais rien et n'ont jamais rien vu, sacredieu !, une leçon exemplaire : le curé, naturellement, la peste de ce pays, messieurs, ça en fera un de moins pour prêcher la rébellion en chaire... »

On avait amené le curé, un individu d'âge moyen, la cinquantaine passée, petit et gras, la tonsure élargie par la calvitie, mal rasé, dans une soutane trop courte et couverte de taches que, sans trop savoir pourquoi, le luthérien Frédéric avait supposées de vin de messe. On n'avait pas perdu de temps en interrogatoire ni en paroles inutiles ; un ordre de Letac équivalait à une sentence immédiate. On avait passé une corde de chanvre aux barreaux de fer du balcon de la municipalité. Le curé les regardait, recroquevillé et jaune entre deux hussards qui le dominaient d'une tête, le front ruisselant de sueur et les lèvres serrées, les yeux fiévreux fixés sur la corde qui lui était destinée. Le village semblait désert ; pas une âme dans la rue, mais, derrière les volets, on devinait la présence épouvantée des habitants.

Quand on lui avait noué la corde autour du cou, juste quelques instants avant que deux puissants hussards ne tirent sur l'autre bout, le curé avait murmuré entre ses dents un « suppôt de Satan ! » clairement audible bien que ses lèvres eussent à peine remué. Puis il avait craché en direction de Letac qui montait un nouveau cheval et s'était laissé pendre sans plus de commentaires. Au moment où les derniers soldats quittaient le village – Frédéric commandait ce jour-là le peloton de l'arrière-garde –, des vieilles vêtues de noir avaient traversé lentement la place pour s'agenouiller et prier aux pieds du curé.

Quatre jours plus tard, à un détour du chemin, une patrouille était tombée sur le cadavre d'un courrier. Il s'agissait d'un sous-lieutenant de hussards du 2e escadron, un grand jeune homme mélancolique que Frédéric connaissait pour avoir fait de conserve avec lui le trajet de Burgos à Aranjuez, où tous deux devaient rejoindre le régiment. Juniac, tel était le nom de l'infortuné, était entièrement nu, attaché par les pieds à un arbre, la tête pendant à quelques pouces du sol. On lui avait ouvert le ventre, et les intestins, grouillants de mouches, s'étaient répandus, atrocement déchiquetés. La localité la plus proche s'appelait Pozocabrera, elle était déserte ; ses habitants avaient emporté jusqu'au dernier grain de blé. Letac avait donné l'ordre de la raser jusqu'aux fondations, et le 4e hussards avait poursuivi sa route.

Telle était la guerre d'Espagne, et Frédéric l'avait appris très vite : « Ne partez jamais seuls, ne vous éloignez jamais de vos camarades, ne pénétrez jamais sans précautions en terrain boisé ou inconnu, n'acceptez jamais des habitants de la nourriture ou de l'eau avant qu'ils n'y aient eux-mêmes goûté, n'hésitez jamais à égorger impitoyablement ces misérables fils de chien... » Pourtant, tous étaient convaincus, et Frédéric le premier, qu'une telle situation ne pourrait se prolonger longtemps. La dureté et la profusion des châtiments exemplaires ne tarderaient pas à faire rentrer le torrent dans son lit. Il suffisait de pendre et de fusiller davantage de cette racaille inculte et fanatique, achevant ainsi une fois pour toutes la pacification de l'Espagne, pour pouvoir continuer à se consacrer à de plus glorieuses entreprises. On disait que l'Angleterre préparait un important débarquement dans la Péninsule, et ça, au moins, c'était un ennemi auquel il était possible de se mesurer d'égal à égal – brillantes charges de cavalerie, mouvements de grandes unités, batailles aux noms glorieux qui figureraient dans les livres d'histoire et vaudraient à Frédéric Glüntz de gravir les degrés de l'honneur et de la renommée, à la différence de cette campagne où l'on voyait à peine le visage de l'ennemi. De toute manière, si les prévisions se confirmaient, demain pourrait être le premier des grands jours à venir. Les deux divisions du général Darsand avaient en face d'elles une véritable armée organisée, dont le gros était constitué d'unités régulièrement encadrées. Quelques heures encore, et le sous-lieutenant Glüntz de Strasbourg connaîtrait le baptême du feu et du sang.

Bourmont vidait soigneusement sa pipe, sourcils froncés, concentré sur sa tâche. À travers la toile de la tente leur parvint le lointain grondement d'un orage, vers le nord.

– J'espère qu'il ne pleuvra pas demain, commenta Frédéric, avec une légère et soudaine inquiétude.

Dans la cavalerie, la pluie était synonyme de boue, de difficultés pour faire évoluer les escadrons. Il fut assailli un instant par la vision démoralisante de montures immobilisées dans la fange.

Son ami fit non de la tête.

– Je ne crois pas. On m'a dit qu'à cette époque de l'année, en Espagne, il pleut très peu. Avec un peu de chance, rien ne viendra s'opposer à ce que tu aies ta charge de cavalerie.

Il sourit de nouveau, et cette fois encore son sourire était franchement amical.

– Je veux dire « nous », bien sûr : tous les deux.

Frédéric rendit mentalement grâce à ce « tous les deux ». Elle était belle, cette amitié sous la tente de campagne, à la lumière de la lampe à huile, la veille d'une bataille. Ah, Dieu ! que la guerre pouvait parfois être jolie !

– Tu vas rire, dit-il à voix basse, conscient que l'heure se prêtait aux confidences. Mais j'ai toujours imaginé ma première charge sous un soleil radieux, uniformes et sabres au clair étincelant au soleil, dans le nuage de poussière du galop…

– « L'instant suprême où l'on n'a d'autres amis que son cheval, son sabre et Dieu », récita Bourmont, les yeux mi-clos pour retrouver la phrase exacte.

– Qui a écrit ça ?

– Je l'ignore. Je veux dire que je ne me souviens pas. Je l'ai lu un jour, il y a bien longtemps ; dans un livre de la bibliothèque de mon père.

– C'est pour ça que tu es hussard ? demanda Frédéric.

Bourmont resta quelques instants songeur.

– C'est possible, conclut-il. En fait, j'ai toujours été curieux de savoir si l'ordre des mots était bien le bon.

À Madrid, j'ai décidé que le meilleur ami était le sabre.

– Peut-être changeras-tu d'avis demain : et tu décideras que c'est Rostand, ton cheval. Ou Dieu.

– Oui, peut-être. Mais je crains fort que, sommé de choisir entre les deux, je préfère ne pas me priver de mon cheval. Et toi ?

Frédéric hésita.

– En vérité, je n'en sais encore rien. Le sabre – il le désigna de la main, dans son fourreau d'acier doublé de cuir noir – ne peut me faire défaut, et le bras qui s'en servira est bien entraîné. Mon cheval Noirot est une excellente monture, qui répond aussi docilement à la pression de mes genoux qu'aux rênes. Et Dieu... Eh bien, j'ai eu, quoique né la même année que la prise de la Bastille, une éducation familiale religieuse. Ensuite, la vie militaire crée une ambiance différente, mais il est difficile de renoncer aux croyances qui vous ont été inculquées dans l'enfance. De toute façon, dans une bataille, Dieu doit être trop occupé pour se soucier de moi. Les Espagnols qui nous font face croient en leur Dieu papiste et dogmatique avec plus de fanatisme qu'un hussard de l'Empereur, et ils jurent et rejurent qu'Il est avec eux et non avec nous, qui sommes l'incarnation de toutes les noirceurs de l'enfer. Ils ont probablement offert le pauvre Juniac au Christ comme dans les sacrifices païens, quand ils l'ont étripé et pendu par les pieds à cet olivier...

– En résumé ? questionna Bourmont que cette évocation de Juniac avait assombri.

– En résumé, j'en reste à mon sabre et à mon cheval.

– C'est parler en hussard. Letac serait ravi de t'entendre.

Bourmont se défit de ses bottes et de son dolman pour s'étendre de nouveau sur le lit de camp. Il croisa les bras derrière la tête et ferma les yeux, en chantonnant un air italien. Frédéric sortit de la poche de son gilet la montre en argent gravée à ses initiales que son père lui avait donnée le jour de son départ de Strasbourg pour l'École militaire. Onze heures et demie du soir. Il se leva paresseusement en se frottant les reins et rangea le sabre avec la buffleterie qui pendait du mât de la tente, à côté des fontes d'arçon contenant deux pistolets qu'il avait lui-même soigneusement chargés deux heures plus tôt.

– Je vais prendre un peu l'air, dit-il à Bourmont.

– Tu devrais essayer de dormir, répondit son ami sans ouvrir les yeux. La journée de demain sera agitée. Nous n'aurons guère le temps de nous reposer.

– Je vais juste jeter un coup d'œil à Noirot. Je reviens tout de suite.

Il jeta son dolman sur ses épaules, écarta la toile de la tente et sortit, respirant la brise nocturne. La lueur des braises d'un foyer teignait de rouge les visages de la demi-douzaine de soldats qui bavardaient, assis autour. Frédéric les observa quelques instants, puis se dirigea vers le quartier des chevaux d'où lui parvenaient par intervalles des hennissements nerveux.

Oudin, le maréchal des logis fourrier de l'escadron, jouait aux cartes avec d'autres sous-officiers sous une tente aux flancs ouverts. Sur la table en bois étaient étalés des cartes crasseuses, des bouteilles de vin et des verres. Oudin et les autres se levèrent en reconnaissant Frédéric.

– À vos ordres, mon lieutenant, dit Oudin, dont le visage

moustachu et piqué de petite vérole était rouge sous l'effet du vin. Rien à signaler chez les chevaux.

Le fourrier était un vétéran buveur et grognon, toujours d'une humeur massacrante, mais il connaissait les chevaux comme s'il les avait lui-même mis au monde. Il portait un anneau d'or à l'oreille gauche et deux nattes qu'il teignait pour cacher les cheveux gris. Son uniforme, comme celui de la plupart des hussards, était abondamment garni de broderies et de cordons. Les goûts vestimentaires de la cavalerie légère n'étaient pas précisément discrets.

– Je vais voir mon cheval, l'informa Frédéric.

– Je vous en prie, mon lieutenant, répondit le sous-officier, observant l'attitude réglementaire devant ce jeune homme qui avait l'âge de son dernier fils. Désirez-vous que je vous accompagne ?

– Inutile. Je suppose que Noirot est toujours là où je l'ai laissé cette après-midi.

– Oui, mon lieutenant. Dans l'enclos des officiers, près du mur de pierre.

Frédéric s'éloigna en suivant le sentier plongé dans l'obscurité, et Oudin revint à ses cartes après lui avoir jeté un regard où se lisait clairement la méfiance. Il n'aimait pas qu'on vienne fourrer son nez parmi les chevaux ; quand ils n'étaient pas sellés, ils étaient en principe sous sa responsabilité. Il prenait soin que ces nobles machines de guerre ne manquent de rien, qu'elles soient toujours bien étrillées et bien nourries. Une fois, quelques années plus tôt, il avait eu plus que des mots avec un maréchal des logis de cuirassiers qui s'était permis un commentaire désobligeant sur la propreté d'une bête confiée à sa garde. Le cuirassier était allé rejoindre une vie meilleure avec le front ouvert d'un coup de sabre et, depuis, nul, parmi ceux qui avaient assisté à la scène, ne s'était plus permis la moindre réflexion en confiant son cheval à la garde d'Oudin.

Noirot était un superbe spécimen de six ans, noir, la crinière et la queue coupées court. Il n'était pas très haut sur jambes, mais il avait des membres solides et un poitrail puissant. Frédéric l'avait acquis à Paris en dilapidant ses maigres deniers : non seulement un officier de hussards méritait un bon cheval, mais sa vie pouvait en dépendre.

Noirot se trouvait près du mur de pierre qui séparait deux parcelles d'oliviers, les naseaux plongés dans un sac de fourrage. En sentant la présence de son maître, il hennit doucement. À la lueur des lointains foyers, Frédéric contempla la belle silhouette de l'animal, passa une main sur son dos dûment brossé, puis la plongea dans le sac de fourrage pour caresser les lèvres.

Un éclair zébra l'horizon, suivi de peu du coup de tonnerre amorti par la distance. Inquiets, les chevaux hennirent, et Frédéric sursauta puis leva la tête pour interroger le ciel que les nuages avaient rendu noir comme de l'encre. Une patrouille d'éclaireurs passa tout près, les hommes courbés sur leurs montures, ombres silencieuses défilant dans la nuit. Frédéric regarda encore le ciel, pensa à la pluie, au lieutenant Juniac pendu la tête en bas à son olivier et, pour la première fois de sa vie, il sentit dans sa bouche le goût de la peur.

Il caressa la crinière de Noirot, en serrant la noble tête de l'animal contre la sienne.

– Prends soin de moi demain, vieux camarade.

*

Michel de Bourmont ne dormait pas encore ; il leva la tête quand Frédéric entra dans la tente.

– Tout va bien ?

– Tout va bien. J'ai jeté un coup d'œil aux chevaux. Oudin les a parfaitement pansés, comme pour la revue.

– Ce fourrier connaît son travail. – Bourmont avait également fait un tour du côté des chevaux, deux heures avant Frédéric. – Veux-tu dormir, maintenant, ou préfères-tu un cognac ?

– Je croyais que c'était toi qui voulais te reposer un peu.

– Je le ferai. Mais j'ai envie de cognac.

Frédéric souleva le couvercle du coffre de son ami, en tira une flasque couverte de cuir repoussé et servit la liqueur dans deux gobelets de métal.

– Il en reste encore ? s'enquit Bourmont en regardant son gobelet.

– Pour deux verres chacun.

– Alors gardons-le pour demain. Je ne sais pas si Franchot aura le temps de s'approvisionner avant le départ.

Ils choquèrent le métal de leurs gobelets et burent ; Frédéric lentement, Bourmont cul sec. Toujours le style hussard.

– Je crois qu'il pleuvra, dit Frédéric au bout d'un moment.

Nul n'aurait pu déceler dans son ton la moindre trace d'inquiétude ; il se bornait à formuler sa pensée à haute voix. Pourtant, il n'avait pas terminé sa phrase que, déjà, il se repentait de l'avoir prononcée. Mais Bourmont fut superbe.

– Veux-tu que je te dise ? répondit-il sur un ton jovial parfaitement adapté à la circonstance. Tout à l'heure, je réfléchissais à ça, et je dois t'avouer que j'ai fini par m'inquiéter : tu sais, la boue et tout le reste. Mais il faut considérer aussi que la boue a son côté positif ; les boulets de canon s'enfoncent davantage dans un sol mou, et l'effet de la mitraille est considérablement amorti. Et puis, si les manœuvres de notre cavalerie s'en trouvent un peu alourdies, ce sera le même cas pour *eux*... De toute manière, et pour liquider la question, je te dirai qu'à cette époque de l'année, s'il pleut, ce sera quatre gouttes.

Frédéric vida le contenu de son gobelet. Il n'aimait pas le cognac, mais un hussard buvait du cognac et jurait. Boire était plus facile que jurer.

– La pluie ne m'inquiète pas en tant que danger en soi, expliqua-t-il avec honnêteté. Mourir dans la boue ou sur la terre sèche, c'est pareil, et la sensation que chacun peut éprouver devant la proximité de la mort est une affaire personnelle, intime, qui ne concerne personne d'autre que lui. À moins, bien sûr, qu'il n'extériorise cette sensation, ce qui commence déjà à friser la lâcheté...

– Ce mot, monsieur, l'interrompit Bourmont en fronçant le sourcil dans une imitation réussie du colonel Letac, un hussard, hein, ne le prononce, hum, jamais.

– Exact. Eh bien, écartons-le ! Un hussard ne connaît jamais la peur ; et s'il la connaît, il doit la garder exclusivement pour lui, approuva Frédéric, suivant toujours le fil de sa pensée. Mais que dire de l'autre peur, la peur légitime que le sort nous empêche de gagner assez de gloire, assez d'honneur dans une bataille ?

– Ah ! s'exclama Bourmont en levant les mains, paumes ouvertes. Celle-là, c'est une peur que je respecte.

– Eh bien, c'est d'elle qu'il s'agit ! conclut Frédéric avec véhémence. Je te l'avoue sans rougir, j'ai peur que la pluie ou quelque autre maudit incident n'ajourne la bataille ou m'empêche d'y prendre part... Je crois... je crois qu'un homme comme toi, ou comme moi, ne se justifie, ne trouve sa raison d'être, que s'il chevauche le pistolet dans une main et le sabre dans l'autre, en criant « Vive l'Empereur ! »... Et puis, dussé-je en avoir un peu honte, ajouta-t-il en baissant la voix, j'ai peur... Bon, ce n'est peut-être pas le mot exact. Je suis inquiet à l'idée d'être venu jusqu'ici pour tomber obscurément et sans gloire, assassiné sur un chemin solitaire par la canaille paysanne, comme le pauvre Juniac, au lieu d'être tué en chevauchant derrière l'aigle du régiment, à ciel ouvert et entouré de mes camarades, d'un coup de sabre ou d'une balle dans la poitrine, debout, bien campé sur mes étriers, l'arme à la main et la bouche pleine de sang, comme meurent les hommes.

Bourmont hocha lentement la tête, ses yeux bleus perdus dans le souvenir de Juniac. Il était très pâle.

– Oui, confessa-t-il d'une voix rauque, comme s'il se parlait à lui-même. Moi aussi, j'ai cette peur-là.

Ils gardèrent tous deux le silence un moment, plongés dans leurs réflexions. Finalement, Bourmont fronça le nez et prit la flasque de cognac.

– Au diable ! s'exclama-t-il avec une vivacité exagérée. Buvons les deux coups qui restent, camarade, et, pour demain, remettons-nous-en à Dieu ou à l'intendance. À ta santé !

Les gobelets métalliques tintèrent de nouveau, mais l'esprit de Frédéric errait au loin, dans sa ville natale, près du lit où, six ans plus tôt, agonisait son grand-père paternel. Malgré son jeune âge, Frédéric avait perçu très clairement les plus petits détails du drame familial : la maison dans l'ombre, volets fermés, les femmes pleurant dans le salon, les yeux rougis de son père, redingote noire et expression grave sur sa face fleurie d'honnête commerçant aisé. L'aïeul était dans son alcôve, légèrement relevé sur les oreillers, ses mains décharnées et désormais sans force reposant sur l'édredon. La maladie avait réduit son visage à un masque de peau jaune collé aux os, dont émergeait le nez aquilin, extrêmement long et fin.

« Il ne veut plus vivre. Il ne veut plus... » Ces mots, presque un chuchotement, surpris sur les lèvres de sa mère, avaient impressionné le jeune Frédéric. Le vieux Glüntz, commerçant strasbourgeois, s'était retiré des affaires depuis une dizaine d'années, après avoir cédé le négoce familial à son fils. Une maladie des articulations s'était emparée de lui, le forçant à rester prostré sur son lit, et l'avait sourdement consumé sans espoir de guérison et sans la consolation d'une mort rapide et peu douloureuse. La fin approchait, certes, mais trop lentement. Et un jour, le grand-père s'était lassé d'attendre : dès lors, il avait refusé d'avaler toute nourriture, s'isolant du reste de la famille, sans prononcer un mot ni esquisser le moindre mouvement, prêt à accueillir au plus vite cette mort qui se faisait tant prier. À ses derniers instants, dans cette alcôve plongée dans l'ombre, le vieux Glüntz ne montrait plus, face à la peine et aux souffrances des siens, enfants, bru, petits-enfants et parents, qu'une tranquille et silencieuse indifférence. Le cycle de sa vie, tout ce qu'il pouvait attendre du monde, s'était épuisé. Et le jeune Frédéric, avec son intuition enfantine, avait su comprendre que son grand-père cessait de lutter pour la vie parce qu'il n'avait plus rien à espérer d'elle; il allait à la rencontre de la mort avec la passivité et le renoncement d'un homme qui avait déjà franchi le mur au-delà duquel on abandonne toute vitalité et tout goût du combat pour l'existence. En contemplant, non sans une crainte respectueuse, depuis le seuil de l'alcôve la forme immobile de son aïeul, Frédéric Glüntz s'était demandé fugacement si ce n'était pas en elle et en ce qu'elle représentait que se trouvait le principe de la sagesse suprême.

Pour la énième fois, il se répéta que son comportement dans la bataille qui s'annonçait pour le lendemain ne l'inquiétait pas. Il était préparé à tout, y compris à l'idée que, comme le racontaient les vieilles sagas scandinaves qu'il aimait lire dans son enfance, les walkyries le distinguent au cours du combat en déposant sur son front le baiser destiné aux héros voués à la mort. Il serait digne de l'uniforme qu'il portait. Quand il rentrerait à Strasbourg, Walter Glüntz aurait toutes les raisons de se sentir fier de son fils.

Bourmont s'était recouché et, cette fois, dormait profondément. Frédéric ôta ses bottes et l'imita, sans éteindre la lampe. Il mit du temps à s'endormir et, quand il y parvint, il eut un rêve inquiet, peuplé d'étranges images. Il voyait des visages basanés hostiles, de longues lances, des chevaux emballés et des sabres nus qui lançaient des éclairs sous le soleil. Le cœur serré par l'angoisse, il cherchait sa walkyrie au milieu de la poussière et du sang, et il éprouvait un soulagement infini de ne pas la trouver. À plusieurs reprises, le son de ses propres gémissements le réveilla, la bouche sèche et le front brûlant.

2. L'aube

Il faisait encore nuit quand Franchot, l'ordonnance qu'ils partageaient, se présenta. C'était un hussard de petite taille au visage antipathique, nattes crasseuses et jambes arquées, dont la seule qualité résidait en une habileté particulière à se procurer, par d'obscures manœuvres, des victuailles destinées à améliorer l'ordinaire, toujours calamiteux dans l'armée d'Espagne. Pour le reste, l'individu n'était guère recommandable.

– Le commandant Berret a convoqué messieurs les officiers pour la réunion de campagne, annonça-t-il dès qu'il eut considéré que les deux sous-lieutenants étaient suffisamment réveillés. Sous sa tente, dans une demi-heure.

Frédéric abandonna son lit de camp à contrecœur. Il n'avait presque pas dormi et, au moment où Franchot avait fait irruption, il venait tout juste de trouver le sommeil. Bourmont était déjà levé, les yeux rouges, en train de se coiffer entre deux bâillements.

– On dirait que le grand moment est arrivé, dit-il avec un froncement de sourcils en constatant que l'ordonnance tardait à cirer les bottes. Quelle heure est-il ?

Frédéric jeta un coup d'œil au cadran de sa montre.

– Trois heures et demie du matin. As-tu bien dormi ?

– Comme un enfant, répondit Bourmont, ce qui n'était pas tout à fait exact. Et toi ?

– Comme un enfant, répliqua Frédéric, ce qui était encore moins exact.

Leurs regards se croisèrent un instant, et un sourire complice se dessina sur les lèvres des deux amis.

Près de la tente, Franchot avait préparé une lampe à pétrole, une cuvette d'eau chaude et un seau d'eau froide. Ils se débarbouillèrent, puis l'ordonnance les rasa de près, en commençant par Bourmont, plus ancien dans le régiment, dont il cira ensuite les pointes de la moustache. La toilette de Frédéric prit moins de temps : du fait de son extrême jeunesse, sa barbe, nous l'avons dit, se limitait à un duvet clairsemé sur les joues. Tandis que Franchot achevait de passer le rasoir sur son visage, Frédéric regarda le ciel. Il était toujours couvert de nuages ; les étoiles étaient invisibles.

Le camp s'éveillait bruyamment. Les sous-officiers lançaient des ordres rauques, et, entre les tentes, c'était un constant va-et-vient de soldats effectuant les préparatifs de la campagne à la lumière des foyers. Une compagnie de chasseurs à pied qui avait campé le soir précédent à proximité de l'escadron était prête à marcher ; les hommes s'alignaient, pressés par les cris des sergents. Une autre compagnie, en colonne par quatre, s'éloignait déjà sous les oliviers noyés dans l'ombre.

Franchot les aida à enfiler leurs bottes. Frédéric attacha les dix-huit boutons de chaque côté de l'étroit pantalon qui le serrait jusqu'aux chevilles, puis, après avoir quitté son gilet, passa le dolman sur une chemise propre, en attachant méticuleusement les autres dix-huit boutons du plastron aux brandebourgs torsadés d'or. Il décrocha la buffleterie du mât de la tente et l'ajusta à l'épaule droite et à la taille, en faisant tinter l'extrémité du fourreau du sabre contre ses éperons. Il boutonna le col et les poignets, se frotta les mains et le visage d'eau de senteur, enfila les gants de chevreau et prit sous le bras l'impressionnant colback, bonnet à poil d'ours, privilège des officiers dans les unités d'élite. Bourmont, qui avait exécuté exactement les mêmes mouvements dans un ordre identique, attendait en tenant la toile de la tente relevée.

– Après toi, Frédéric, lui dit-il, et ses yeux lancèrent un éclair de satisfaction à l'aspect de son camarade.

– Après toi, Michel.

Il y eut deux claquements de talons, deux sourires et un serrement de mains. Ils sortirent au grand air, très droits, impeccables et rasés de frais, en faisant résonner leurs sabres contre leurs éperons, se sentant jeunes et beaux dans leur superbe uniforme, respirant avec délice l'air vif de l'aube, prêts à affronter à la pointe de leur sabre le filet que la Mort leur lançait depuis l'horizon encore plongé dans les ténèbres.

*

Le commandant Berret était penché sur une table couverte de cartes, entouré des huit officiers de l'escadron. De son œil unique – il avait perdu le gauche à Austerlitz et portait à la place un bandeau noir qui lui donnait une singulière expression de férocité –, il suivait attentivement les reliefs du terrain indiqués sur les cartes. Ni lui ni le capitaine Dembrowsky n'avaient dormi de la nuit. Ils venaient d'arriver d'une réunion convoquée trois heures plus tôt par le colonel Letac, où avaient été données les instructions pour la journée qui commençait. Berret était pressé.

– Les Espagnols se sont concentrés ici et ici. – Il parlait sur son ton habituel, sec et tranchant, sans regarder personne, l'œil unique ne quittant pas les cartes comme si, sur celles-ci, se tenait, en miniature, l'armée ennemie. – Les unités d'éclaireurs ont déjà établi le contact, et le gros des opérations se déroulera probablement dans cette vallée, nos lignes s'appuyant aux collines que je vous indique en ce moment. Le régiment opérera sur le flanc gauche de la division, en effectuant ses habituelles missions de reconnaissance et de protection. Et, le moment venu, également d'attaque. Un escadron au moins restera en réserve ; mais cela, heureusement, n'est pas notre cas. Il est possible que nous ayons à nous employer à fond en première ligne.

Pour le 1er escadron du 4e hussards, s'employer à fond en première ligne impliquait l'éventualité d'une charge. À la lueur de la lampe à pétrole accrochée au mât de la tente, Frédéric put voir l'expression satisfaite de ses camarades. Seul le capitaine Dembrowsky, légèrement penché sur la table à côté de Berret, gardait son impassibilité glacée. L'épaisse moustache couleur paille et les nattes prématurément grises donnaient au commandant en second de l'escadron l'aspect d'un vétéran éprouvé, et c'était bien ce qu'il était. Polonais d'origine, il s'était battu sous le drapeau français sur les champs de bataille de toute l'Europe; c'était peut-être là qu'il avait acquis cet air de froideur désabusée qui le caractérisait. Nul ne l'avait jamais entendu prononcer un mot plus haut que l'autre, même quand il donnait des ordres. C'était un personnage silencieux et hautain qui fuyait la compagnie de ses camarades, qu'ils soient ses supérieurs ou ses égaux. Mais c'était aussi un soldat courageux, un excellent cavalier et un officier expérimenté. Et s'il n'était pas aimé, du moins était-il respecté pour cela.

– Des questions? s'enquit Berret, sans lever son œil de cyclope de la table, comme absorbé dans la contemplation de quelque chose qu'il était seul à connaître.

Philippo, un lieutenant brun de peau, joyeux et hâbleur, toussota avant de parler.

– Connaît-on le nombre des effectifs ennemis?

Berret haussa le sourcil de son œil unique, comme si la question lui déplaisait. Qu'importe le nombre? semblait-il demander.

– D'après nos estimations, huit à dix mille hommes concentrés entre Limas et Piedras Blancas, expliqua-t-il en dissimulant mal sa mauvaise humeur. Infanterie, cavalerie, artillerie et bandes de ces francs-tireurs qu'ils appellent des «guérilleros»... Il est possible que la première rencontre ait lieu ici – il indiqua un point sur la carte – et ensuite ici – il indiqua un autre point, après quoi il tapa dessus du tranchant de la main, comme s'il donnait un coup de hache. – L'objectif est de leur couper le passage vers la montagne, en les obligeant à livrer bataille dans la vallée, terrain qui, en principe, leur est moins favorable.

» Vous en savez maintenant presque autant que moi. Encore des questions, messieurs ?

Il n'y eut pas d'autres questions. Tous les présents, y compris le novice Frédéric, savaient que les brèves explications du chef d'escadron avaient été une pure formalité ; d'une certaine manière, cette réunion l'était aussi : les véritables décisions viendraient d'en haut, dans le cours de la bataille, et seul le colonel Letac connaissait avec certitude les plans du général Darsand. En ce qui concernait l'escadron, ce qu'on attendait de lui était qu'il se batte bien et, s'il en recevait l'ordre, qu'il charge et taille en pièces les formations ennemies qui lui seraient désignées.

Berret plia les cartes, considérant que la réunion était terminée.

– Merci, messieurs. Ce sera tout. Nous partons dans une demi-heure avec le reste du régiment ; si nous ne perdons pas de temps, nous aurons fait une bonne partie de la route avant le jour.

– Formation par quatre pour la marche, dit Dembrowsky, intervenant pour la première fois. Et le moment venu, outre les francs-tireurs, prenez garde aux lanciers espagnols. Ces gens-là connaissent le terrain. De bons cavaliers.

– Aussi bons que nous ? interrogea le lieutenant Gérard.

Dembrowsky les dévisagea un par un de ses yeux gris, aussi froids que l'eau gelée de sa Pologne natale.

– Aussi bons que nous, je puis vous l'assurer, répondit-il, avec une expression indéchiffrable. J'étais à Bailén.

Depuis plusieurs semaines, Bailén était synonyme de désastre. Trois divisions impériales avaient capitulé devant vingt-sept mille Espagnols, après avoir eu deux mille six cents morts et perdu dix-neuf mille prisonniers, une cinquantaine de canons, ainsi que quatre étendards suisses et quatre drapeaux français... Les présents observèrent un lourd silence, et le commandant Berret regarda Dembrowsky d'un air réprobateur. Ce fut l'ordonnance du commandant qui sauva la situation en retirant les cartes de la table pour y poser une bouteille de cognac et des verres. Quand tous furent servis, Berret leva le sien.

– À l'Empereur, prononça-t-il solennellement.

– À l'Empereur ! répéta l'assistance, et les sabres résonnèrent contre les éperons quand ils se levèrent, joignant les talons, avant de vider leur verre d'un trait.

Frédéric sentit le goût âcre du cognac glisser dans son estomac à jeun et serra les dents pour que personne ne lise la répugnance sur son visage. Le groupe se défit, et tout le monde quitta la tente. Dans le camp régnait une grande agitation, un ballet d'ombres et de reflets, on entendait le choc métallique des armes, les hennissements des montures, des ordres et des bruits de course. Le ciel restait noir, sans la moindre trace d'étoiles. Frédéric eut froid et, pendant quelques instants, il se demanda s'il n'aurait pas mieux fait de garder son gilet. Mais le souvenir de la terre brûlante sur laquelle il se trouvait lui fit rapidement écarter cette idée ; dès que le jour serait venu, tout vêtement supplémentaire deviendrait une gêne inutile.

Bourmont marchait à son côté, perdu dans ses pensées. Frédéric ressentit une désagréable brûlure dans le ventre.

– Le cognac de Berret m'a fait aussi mal qu'un coup de pistolet.

– À moi aussi, répondit Bourmont. J'espère que Franchot aura eu le temps de nous préparer une tasse de café.

Franchot ne déçut pas les espoirs des deux amis. En arrivant à leur tente, ils trouvèrent un pot fumant et des biscuits secs préparés par l'ordonnance. Ils se jetèrent dessus, lancèrent un dernier coup d'œil à leur équipement et se dirigèrent vers le quartier des chevaux.

L'escadron se rassemblait par compagnies à la lueur de torches plantées en terre. Les cent huit hommes vérifiaient leurs montures, serraient les sangles, s'assuraient du bon fonctionnement des carabines avant de les glisser dans les fontes d'arçon ou de les passer en bandoulière. Frédéric et les autres officiers ne disposaient pas de cette arme à feu ; il était entendu qu'un officier de hussard devait s'arranger d'une paire de pistolets et de son sabre.

Franchot avait sellé Noirot, mais Frédéric n'en contrôla pas moins les sangles qui fixaient la selle, souhaitant s'assurer lui-même que tout était parfaitement en ordre. Au combat, les deux pouces qui séparaient chaque trou de sangle pouvaient signifier la distance qui sépare la vie et la mort. Il les ajusta de la façon qu'il crut la plus satisfaisante, puis se baissa pour inspecter les fers de la bête. Enfin rassuré, il passa le bras sur la peau d'ours qui garnissait la selle et, de la main, caressa la crinière de Noirot.

Tout près de lui, Bourmont exécutait les mêmes mouvements. Son cheval était superbe avec sa robe gris pommelé, et la selle était ornée d'une peau de léopard qui avait certainement coûté une fortune à son propriétaire. Pour une bonne part, la considération que portaient ses camarades à un hussard était directement fonction de l'argent qu'il investissait dans le harnachement de sa monture. Et Bourmont, tant par son sang que par son caractère, n'était pas homme à regarder à la dépense.

Quand il vit que Frédéric l'observait, il lui sourit. La lumière des torches faisait briller les brandebourgs dorés sur le plastron chamarré de son dolman.

– Tout est en ordre ? demanda-t-il.

– Tout est en ordre, répondit Frédéric, sentant palpiter contre lui le flanc chaud de Noirot.

– J'ai le pressentiment que nous aurons une belle journée.

Frédéric leva la tête en désignant le ciel noir.

– Tu crois que les nuages s'écarteront sur le soleil de la victoire ?

Bourmont éclata de rire.

– Même si les nuages demeurent, même s'il pleut des pointes de lance, nous aurons une belle journée.

Le commandant Berret passa à cheval, suivi du capitaine Dembrowsky, du lieutenant Maugny et du trompette-major. Les hussards demeuraient pied à terre entre leurs montures, bavardant et plaisantant, avec l'animation propre à un tel moment. Les torches éclairaient de leur lumière changeante les nattes et les féroces moustaches, les visages tannés couverts de cicatrices des vétérans endurcis et les expressions pensives des nouvelles recrues qui, comme Frédéric, n'avaient encore jamais livré de combat. Le jeune homme les contempla longuement : il avait devant lui l'élite, la crème de la cavalerie légère de l'armée française, cavaliers consommés, professionnels de la guerre pour la plupart, qui avaient tissé leur propre légende en chevauchant derrière les aigles impériales et en balayant de leurs sabres les plus glorieux champs de bataille de toute l'Europe. Et lui, Frédéric Glüntz de Strasbourg, dix-neuf ans, était l'un d'eux. Cette pensée le fit frissonner de fierté.

Venant de l'obscurité, de l'autre côté du mur de pierre, les cris de vivandières qui passaient sur une charrette de l'intendance saluèrent l'escadron. Les hussards répondirent par un chœur d'éclats de rire et des plaisanteries de tout acabit. Frédéric regarda attentivement, mais ne put percevoir que quelques silhouettes confuses qui s'éloignaient dans le noir, accompagnées par le grincement des roues et le bruit des sabots de l'attelage.

Entendre des voix féminines en des instants aussi solennels, même s'il s'agissait de vivandières, avait, pensa-t-il, quelque chose de déplacé. La cérémonie de l'escadron se préparant pour marcher à la bataille imminente supposait une liturgie fermée, un rituel exclusivement mâle, dont aurait dû être exclue toute présence du sexe opposé, même sous la forme de ces voix éraillées par l'eau-de-vie qui passaient dans la nuit. Il eut une moue de contrariété, sans cesser de caresser la crinière de Noirot. Il avait lu jadis un livre sur l'histoire des chevaliers du Temple, l'ordre des moines-soldats qui se battaient en Palestine contre les Sarrasins, guerriers rudes et fiers qui s'étaient laissé brûler sur les bûchers des rois européens désireux de s'emparer de leurs richesses, et qui mouraient sans rien perdre de leur dignité en maudissant leurs bourreaux. Le monde des templiers était un monde d'hommes, dont, par définition, les femmes étaient exclues. L'honneur, Dieu et le combat étaient leurs seuls aiguillons. Ils vivaient et se battaient par paires, compagnons fidèles unis face à tout et à tous par des serments sacrés et inviolables.

Frédéric regarda de nouveau Bourmont, tout à la tâche, maintenant, d'assujettir sa capote, roulée à l'avant de la selle. Il se sentait soudé à son ami par quelque chose de plus puissant que les liens de camaraderie qui peuvent s'instaurer entre deux jeunes sous-lieutenants d'un même escadron. Tous deux avaient en commun un serment irrévocable : la soif de gloire. C'était elle qu'ils servaient, pour la France et pour l'Empereur, c'était en son nom qu'ils chevaucheraient derrière l'aigle jusqu'aux portes de l'enfer s'il le fallait. Sur ce chemin, ils étaient devenus frères et jamais, quel que soit le nombre des années qui s'écouleraient ensuite, même si la vie les séparait en les envoyant dans des lieux éloignés, ils n'oublieraient ces heures, ces jours et ces ans dont le Destin avait décidé qu'ils les passeraient côte à côte. Dans l'esprit de Frédéric défilèrent des images d'une beauté épique : Bourmont, son cheval tué, la tête nue au milieu du champ de bataille, souriant à son ami qui descendait de cheval pour lui céder sa monture et affrontait, le sabre à la main, la mort que l'Hadès réservait à son camarade. Frédéric lui-même, tombé à terre et protégé par un Michel de Bourmont qui écartait à grands coups de sabre les ennemis qui tentaient de faire prisonnier son camarade blessé... Ou tous deux, couverts de boue et de sang, défendant une des vieilles aigles, se regardant et se souriant pour un adieu muet avant de se jeter dans les bras de la Mort qui les entourait de son cercle fatal.

Non. Nul besoin ici d'une présence féminine. Ou alors, peut-être, certains beaux yeux qui seraient les témoins lointains du drame héroïque, quand, voilés par les tendres larmes de leur jolie propriétaire, celle-ci, mise au courant des événements, apprendrait la mort du hussard… En fait, Frédéric connaissait déjà ces yeux-là. Il les avait vus à Strasbourg, deux jours avant son départ, lors de la réception chez les Zimmerman. Une robe bleue, un visage à l'ovale parfait encadré de cheveux blonds et doux comme de la soie, des yeux bleus comme le ciel d'Espagne, une peau blanche d'à peine seize ans. Claire, la fille des Zimmerman, avait souri gracieusement au beau hussard en uniforme de parade qui s'inclinait devant elle d'un air martial, joignant les talons de ses bottes lustrées, balançant élégamment la pelisse écarlate accrochée à son épaule gauche avec une désinvolture étudiée.

La conversation avait été brève et tendre des deux côtés. Lui, priant Dieu qu'elle attribue à la chaleur la violente rougeur qui lui montait irrésistiblement aux joues. Elle, non moins rougissante, savourant le plaisir d'attirer l'attention d'un officier de cavalerie de si belle prestance dans son uniforme bleu et sa pelisse rouge, juste un peu déçue qu'il soit trop jeune pour porter une belle moustache qui eût accentué son allure virile. De toute manière, il partait pour une guerre lointaine, dans un pays méridional et chaud, et c'était amplement suffisant. Ensuite, quand Frédéric avait dû s'éloigner, appelé par un vieux colonel ami de la famille, Claire avait baissé les yeux, jouant de son éventail pour dissimuler son trouble tandis qu'elle sentait rivés sur elle les regards envieux de ses cousines.

Rien de plus. Dix minutes de conversation et un souvenir délicat qui, un jour, quand il rentrerait – avec, qui sait, une cicatrice glorieuse qui remplacerait la rougeur de ses joues –, pourrait être le début d'une belle histoire d'amour. Mais cette nuit, sous un ciel espagnol qui n'était pas bleu comme les yeux de Claire mais menaçant et noir comme la porte de l'enfer, pour Frédéric Glüntz, Strasbourg et le salon des Zimmerman étaient bien loin.

Un escadron de cavalerie, appartenant sans doute au même régiment, passait maintenant de l'autre côté du mur en suivant le chemin qui serpentait parmi les oliviers enveloppés de ténèbres. Les sabots de chevaux faisaient le bruit d'un torrent en crue. La voix du commandant Berret retentit dans le cercle de lumière des torches.

– Escadron ! En... selle !

Le trompette traduisit l'ordre par une sonnerie stridente. Frédéric se coiffa de son colback en fourrure d'ours, mit le pied à l'étrier et se hissa sur Noirot. Il s'installa sur la selle, en laissant pendre sur sa cuisse gauche la sabretache en cuir rouge, frappée de l'aigle impériale et du numéro du régiment. Il ajusta ses gants de chevreau, posa la main gauche sur le pommeau de son sabre et, de la droite, saisit les rênes. Noirot piaffa en encensant, prêt à marcher à la moindre incitation du cavalier.

Berret passa devant eux, les rênes lâches, suivi, comme une ombre fidèle, du trompette-major. Frédéric se tourna vers Bourmont qui faisait reculer son cheval d'une légère pression des rênes.

– Ça commence, Michel.

Bourmont acquiesça d'un hochement de tête, attentif aux mouvements de sa monture. L'impressionnant colback, sous lequel pendaient les nattes et la queue de cheveux blonds, lui donnait un aspect formidable.

– Ça commence, et on dirait que ça commence bien, confirma-t-il en venant à sa hauteur pour lui serrer la main. Mais je crois que nous aurons encore l'occasion de bavarder un peu. J'ai entendu Dembrowsky dire que, pour nous, l'heure de l'action ne viendrait que dans le cours de la matinée.

– L'important, c'est qu'elle vienne.

– Le Ciel t'entende !

– Bonne chance, Michel.

– Bonne chance, frère. Et rappelle-toi que je suis derrière toi ; je ne te quitterai pas des yeux de toute la journée. Comme ça, je pourrai raconter aux dames comment s'est comporté aujourd'hui mon ami Frédéric Glüntz. Je pense en particulier à certains yeux bleus dont tu m'as dit quelques mots…

Le cheval de Bourmont encensa, inquiet.

– Allons, allons, dit son cavalier, du calme, Rostand, que diable… ! Tu te rends compte, Frédéric ? Les chevaux sont presque aussi impatients que nous de livrer bataille. Il y a une heure, nous étions tous encore en train de ronfler, et, d'un seul coup, il n'y a pas un être vivant qui n'ait envie d'en découdre. C'est ça, la guerre.

» En tout cas, à tout moment, si tu te sens seul, tu n'auras qu'à te retourner et tu me verras… Enfin, quand il fera jour. Pour l'heure, Lucifer lui-même ne serait pas capable de distinguer sa queue. Que Dieu me damne, on n'y voit rien !

» Et prends garde, par l'enfer ! Prends bien garde !

Reculant sur la croupe de son cheval avec une adresse consommée, Bourmont rétrograda pour occuper sa place dans la formation. Frédéric contempla la longue file de hussards immobiles sur leurs montures, silencieux et impressionnants dans leurs brillants uniformes auxquels la lueur des torches arrachait des éclairs de vieil or. Le capitaine Dembrowsky passa au petit trot, au risque de se briser le cou dans la pénombre. Frédéric admira une fois de plus son allure impassible, ce détachement qui était l'un de ses traits les plus remarquables.

Le trompette sonna la marche au pas, en colonne par quatre. Frédéric laissa passer devant lui six rangs de quatre hommes, étrier contre étrier, et, après avoir rendu légèrement les rênes, pressa les flancs de Noirot de ses genoux pour prendre sa place dans la formation. Quittant le cercle de lumière des torches, l'escadron manœuvra en direction du chemin. La colonne franchit le mur de pierre et entra en serpentant dans l'obscurité.

Des hommes chantonnaient entre leurs dents, d'autres conversaient à voix basse. De temps à autre, une plaisanterie parcourait la file. Mais la plupart des hussards avançaient en silence, perdus dans leurs pensées, leurs souvenirs et leurs inquiétudes. Frédéric se fit la réflexion qu'il ne savait rien d'eux. Les officiers, bien entendu, il les connaissait ; mais il ignorait tout des hommes de troupe, y compris des douze qui se trouvaient sous son commandement direct : le maréchal des logis Pinsard, les brigadiers Martin et Criton... Il y en avait un qui s'appelait Luciani : il s'en souvenait parce qu'il était corse, comme l'Empereur, et s'en vantait souvent. Les autres étaient des inconnus, des soldats qu'il pouvait identifier à leurs visages, mais dont il ignorait les noms et avec lesquels il n'avait échangé que quelques mots. Sans très bien savoir pourquoi, il regretta soudain de ne pas s'être davantage soucié de les connaître mieux. Dans quelques heures à peine, ils chevaucheraient ensemble, épaule contre épaule, vers un danger dont la menace était la même pour tous. Défaite ou gloire, ce qui les attendait au bout de ce chemin de ténèbres serait équitablement réparti, sans nulle différence entre officiers et subalternes. Ces douze soldats anonymes étaient ses compagnons de combat, de vie et peut-être de mort. Et il se demanda, mécontent de lui, pourquoi, jusqu'à cette nuit, l'idée ne lui était pas venue de s'intéresser à eux.

Au loin un éclair flamba, et le coup de tonnerre arriva peu après. Les chevaux s'agitèrent, inquiets, et Frédéric dut même tirer sur les rênes pour maintenir Noirot dans le rang. Un hussard jura à voix haute.

– On va se faire mouiller, aujourd'hui, camarades. C'est le vieux Jean-Paul qui vous le dit.

Ça me fait au moins un nom de plus, pensa Frédéric. Mais la voix appartenait à un visage caché par la nuit. Sa manière de parler trahissait un vétéran.

– Je préfère la pluie à la chaleur, répondit une autre voix. On m'a dit qu'à Bailén…

– Va au diable avec ton Bailén, rétorqua le dénommé Jean-Paul. Dès qu'il fera jour, on va faire détaler ces pouilleux à travers toute l'Andalousie. Tu n'as pas entendu le colonel, hier ?

– Tout le monde n'a pas tes oreilles, intervint un autre. On sait bien que ce sont les plus longues du régiment.

– Surveille plutôt les tiennes, nom de Dieu ! répondit la voix furieuse du vétéran. Ou je te les couperai à la première occasion.

– Faudra vous y mettre à plusieurs, fanfaronna l'autre.

– Tu es bien Durand ?

– Oui. Et je te demande à combien vous devrez vous y mettre pour me couper les oreilles.

– Par le diable, Durand, dès qu'on sera descendus de cheval, toi et moi, on aura une petite conversation...

Frédéric crut le moment venu d'intervenir.

– Silence dans les rangs ! ordonna-t-il d'un ton énergique.

La discussion cessa immédiatement. Puis on entendit le dénommé Jean-Paul murmurer tout bas :

– C'est le sous-lieutenant. Un vrai petit coq, celui-là, même s'il n'a jamais entendu aboyer le brutal de sa vie... On verra comment tu te comporteras dans quelques heures, mon mignon !

Et dans l'obscurité, quelques rires circulèrent, étouffés par le bruit des sabots.

*

La colonne continua d'avancer au pas, serpent silencieux d'hommes et de chevaux s'insinuant dans les ténèbres. Les sabres qui pendaient au côté gauche des cavaliers cognaient contre les étriers et les éperons, et leur tintement sourd parcourait l'escadron de bout en bout. Pour ne pas perdre la route, chaque rang de hussards collait aux croupes du précédent, et l'on entendait parfois les jurons d'un cavalier dont le cheval était littéralement poussé par celui qui venait derrière. La colonne compacte et somnolente marchait vers son destin tel un escadron lugubre composé de noirs fantômes d'hommes et de bêtes.

Frédéric vit une grande lueur rouge devant eux, comme celle d'un incendie. Il garda les yeux fixés sur elle pendant une demi-lieue, en évaluant la distance, et décida qu'elle se situait sur la route qu'ils suivaient. Bientôt, quand la lueur fut un peu plus proche, quelques maisons commencèrent à se dessiner confusément dans le noir. Il passa devant elles en se disant que les murs blanchis à la chaux ressemblaient à des suaires immobiles dans la nuit et découvrit que la colonne entrait dans un village.

– C'est Piedras Blancas, lança un hussard, mais personne ne confirma ses dires.

Il n'y avait pas une âme dans les rues désertes où seul résonnait l'écho des sabots. Les maisons étaient barricadées, comme si leurs habitants étaient partis. Mais peut-être étaient-ils là, éveillés et terrifiés, sans oser ouvrir un volet, épiant par les fentes cette longue file de diables noirs. Malgré lui, Frédéric frissonna, avec la pénible impression que cette scène, ce village silencieux et obscur, sans même une mauvaise lanterne pour éclairer un carrefour, avait quelque chose de sinistre et d'horrible.

C'était aussi ça, la guerre, se dit-il. Des hommes et des bêtes qui marchaient dans la nuit, des villages dont on ne connaîtrait jamais le nom et qui signifiaient seulement des étapes sur le chemin d'un lieu inconnu. Et surtout, ces ténèbres infinies qui semblaient couvrir la surface de la terre, à tel point que l'on avait du mal à imaginer qu'en ce même instant, sur un autre endroit de la planète, le ciel était bleu et que le bienheureux père soleil brillait très haut.

Le sous-lieutenant Frédéric Glüntz de Strasbourg, bien qu'entouré de plusieurs douzaines de cavaliers, regarda à droite et à gauche, et eut peur. Peur de ce que la nuit cachait aux alentours : instinctivement, il porta la main à la poignée de son sabre. Jamais dans sa vie il n'avait tant désiré voir se lever le soleil sur l'horizon.

*

La lueur venait bien d'un incendie. Sur la grand-place du village – maintenant, de nombreux hussards assuraient avoir reconnu Piedras Blancas –, une maison brûlait, sans que personne fasse le moindre effort pour éteindre le feu. Un peloton de fusiliers de ligne se reposait sous les arcades d'un bâtiment en contemplant placidement les flammes. L'incendie éclairait les soldats qui, enveloppés dans leurs capotes, montrèrent peu d'intérêt pour le passage des hussards. Certains s'appuyaient négligemment sur leurs fusils. Le feu tout proche faisait danser des ombres sur leurs visages, dont l'extrême jeunesse n'était démentie, de temps à autre, que par la moustache fournie d'un vétéran.

– Où mène ce chemin ? les interrogea un hussard.

– Nous n'en avons pas la moindre idée, répondit un fusilier qui tenait dans les mains une outre de vin, son fusil en travers du dos. Mais ne vous plaignez pas, ajouta-t-il avec une grimace hostile. Au moins, vous autres, messieurs de la cavalerie, vous ne le ferez pas à pied comme nous.

Incendie, place et village furent bientôt derrière eux. Retrouvant les oliveraies sombres, l'escadron doubla plusieurs formations d'infanterie qui se rangèrent de côté pour laisser la route libre. Plus avant, les hussards passèrent devant des pièces d'artillerie dont les servants étaient couchés près des affûts, éclairés par les braises d'un petit foyer. Les chevaux des attelages, dûment harnachés, prêts pour la marche, piaffèrent quand la colonne défila devant eux.

Une faible clarté semblait vouloir s'imposer sur l'horizon. L'air froid du petit matin fit encore une fois frissonner Frédéric, qui, de nouveau, regretta de ne pas avoir mis son gilet. Il serra fortement les dents pour éviter qu'elles ne s'entrechoquent, un bruit qui, en de telles circonstances, aurait pu être mal interprété par ses voisins. Il détacha la capote qu'il portait sur le devant de sa selle et la posa sur ses épaules. Bien que, un moment plus tôt, il se soit surpris à dodeliner de la tête au risque de tomber de cheval, il se sentait maintenant lucide et bien éveillé. Il fouilla dans la sacoche de cuir accrochée au pommeau de la selle, en tira une gourde de cognac que Franchot avait eu la prévoyance de placer là, et but une brève gorgée. Cette fois, l'alcool produisit sur lui un effet tonique, et il ferma les yeux avec gratitude quand la douce chaleur se répandit dans son corps transi. Il rangea la gourde et caressa doucement l'encolure de Noirot. Le jour se levait.

Peu à peu, les ombres informes qui chevauchaient devant lui acquirent leurs vrais contours. Ce fut d'abord un shako, puis des silhouettes d'hommes et de chevaux. Ensuite, tandis que la clarté augmentait, de nouveaux détails vinrent compléter sa vision des cavaliers qui continuaient d'aller au pas, en rangs par quatre : profils se découpant nettement sur la première lueur de l'aube, dos où se croisaient cartouchières et buffleteries, dolmans chatoyants, shakos rouges oscillant au rythme des montures, selles hongroises garnies de peaux de bêtes ou de cuir repoussé, fourragères, broderies dorées et écarlates, uniformes ajustés bleu indigo... Le serpent noir indistinct se métamorphosa en escadron de cavalerie à la tête duquel oscillait l'aigle impériale.

Le paysage aussi se précisait. Les ténèbres se retirèrent en rampant pour céder la place à une lumière ténue qui donnait un ton grisâtre aux arbres noueux et tordus. Et dans les oliveraies qui couvraient la campagne brune et sèche de l'Andalousie, Frédéric aperçut des bataillons entiers qui, tirant des canons et hérissés de baïonnettes, marchaient dans la même direction, vers la bataille.

3. La matinée

Le ciel couleur de cendre et marbré de gros nuages noirs planait sur la terre, comme chargé de plomb. Une fine bruine se mit à tomber sur la campagne, voilant le paysage de gris.

L'escadron s'arrêta sur le flanc d'une colline, à proximité d'une ferme en ruine dont les murs étaient envahis par les figuiers de Barbarie et les arbustes. Enveloppés dans leurs capotes, les hommes descendirent de cheval pour se dégourdir les jambes et laisser souffler leurs montures, tandis que le commandant Berret envoyait une estafette au colonel Letac qui se tenait dans les environs. Depuis leur position, les hussards pouvaient distinguer la masse sombre d'un autre escadron du régiment, immobile sur la côte suivante.

Frédéric vit Michel de Bourmont venir à lui. Son ami tenait son cheval par la bride et avait jeté sa capote verte sur ses épaules pour protéger les broderies de son uniforme. Ses yeux bleus souriaient.

– La pluie est finalement au rendez-vous, constata Frédéric d'une voix amère, comme s'il accusait le ciel de lui avoir joué un mauvais tour.

Bourmont tendit une main, la paume tournée vers le haut, et observa son camarade avec une surprise feinte, en haussant les épaules.

– Bah ! Ce ne sont que quatre gouttes. Juste un peu de terre mouillée sous les sabots de nos chevaux.

Il tira un étui de sa sabretache, glissa un cigare entre ses dents et en offrit un à son ami.

– Ne m'en veux pas de ne rien te proposer de mieux, mais tu sais qu'aujourd'hui, en Espagne, les seuls cigares qu'on peut se procurer sont infects. La guerre a mis à mal le commerce avec Cuba.

– Je ne suis pas ce qu'on appelle un bon fumeur, répondit Frédéric. Et tu connais mon incapacité à distinguer un cigare infect d'un cigare de qualité, fraîchement arrivé des colonies.

Ils se penchèrent tous deux sur le briquet que Bourmont avait également tiré de l'étui.

– Ignorance regrettable, dit ce dernier, en expulsant avec satisfaction la première bouffée. Tout hussard qui se respecte doit savoir reconnaître immédiatement un bon cheval, un bon vin, un bon cigare et une jolie femme.

– Dans cet ordre-là ?

– Dans cet ordre-là. Ce genre de subtilités dans l'appréciation est ce qui différencie un officier de cavalerie d'un de ces tristes soldats qui vont à pied, de la gadoue plein les bottes, et se battent au ras du sol, comme des paysans.

Frédéric regarda la ferme en ruine.

– À propos de paysans… dit-il en désignant le paysage gris, nous n'en avons pas vu un seul. On dirait que notre présence les fait fuir.

– Ne t'y fie pas. Ils sont certainement dans les parages, dans l'attente qu'un des nôtres reste isolé pour lui tomber dessus et le pendre à un arbre. Ou, armés de faux et de tromblons, ils sont allés grossir cette armée que nous devons affronter. Sacredieu, je brûle de les tenir à portée de mon sabre...! Tu es au courant de qui s'est passé hier?

Frédéric eut un geste d'ignorance.

– Je ne crois pas.

– Je viens de l'apprendre et j'en ai encore mal au cœur. Hier, donc, une de nos patrouilles s'est rendue dans une ferme pour y prendre de l'eau. Les habitants ont prétendu que le puits était à sec, mais nos hommes ne les ont pas crus, et ils ont envoyé un seau dedans. Devine ce qu'ils ont remonté? Un shako d'infanterie. Un soldat est descendu par une corde et a trouvé au fond les corps de trois des nôtres: les pauvres gars avaient été égorgés pendant qu'ils dormaient dans la ferme.

– Et ensuite? s'enquit Frédéric en frissonnant malgré lui.

– Ensuite? Tu peux imaginer la réaction des hommes de la patrouille... Ils sont entrés dans la maison, et ils ont tué tout le monde: le père, la mère, les deux fils déjà grands et une petite fille. Après quoi, ils ont mis le feu, et ils sont partis.

– Bien fait!

– C'est aussi mon avis. Pas de pitié pour ces brutes, Frédéric. Il faut les exterminer comme des bêtes sauvages.

Frédéric approuva sans réserve. Le souvenir de Juniac étripé, pendant de son arbre, l'assaillit de nouveau: une angoisse passagère. Puis il se reprit.

– Quand même, je suppose qu'à leur manière ils défendent leur terre. Nous sommes les envahisseurs.

Furieux, Bourmont tordit une pointe de sa moustache.

– Les envahisseurs ? Mais y a-t-il ici quelque chose qui vaille la peine d'être défendu ?

– Nous avons détrôné leurs rois…

– Leurs rois ? Des misérables Bourbons dont, chez nous, nous avons guillotiné les cousins : un monarque obèse et stupide, une reine immorale qui couchait avec la moitié de la cour… Ces gens-là n'avaient aucun droit. Ils étaient périmés, finis.

– Je croyais que tu défendais la vieille aristocratie, Michel.

Bourmont eut un sourire méprisant.

– Défendre la vieille aristocratie ne veut pas dire défendre la décadence ; ça n'a rien à voir. Un vent puissant souffle de France des idées de progrès qui balaient l'Europe. Nous apporterons la lumière, l'ordre nouveau. Fini, les curés et les punaises de sacristie, les superstitions et l'Inquisition. Nous allons sortir ces sauvages des ténèbres dans lesquelles ils vivent, même si nous devons pour cela les fusiller tous.

– Mais le roi Charles a abdiqué en faveur de son fils Ferdinand, protesta Frédéric, sans être lui-même vraiment convaincu de ses arguments, rien que pour le plaisir de poursuivre la discussion avec son ami. Les Espagnols disent combattre pour son retour. Ils l'appellent l'Aimé, le Désiré, ou quelque chose comme ça.

Bourmont émit un ricanement.

– Celui-là ? Ceux qui l'ont vu assurent qu'il est servile et couard, et qu'il se moque bien de l'insurrection qui brandit son nom comme un drapeau. Tu n'as pas lu le *Moniteur* ? Il vit luxueusement de l'autre côté des Pyrénées et passe son temps à féliciter l'Empereur pour ses victoires en Espagne.

– C'est vrai ?

– Bien sûr.

– On assure que c'est un misérable.

– C'est un misérable. Il faut ne pas posséder une once de dignité pour se conduire comme il le fait, pendant que son peuple, même s'il ne s'agit que de paysans incultes, se répand dans les campagnes pour faire la guerre... Bah, oublions-le ! Aujourd'hui en Europe, c'est Bonaparte qui couronne les rois, et celui d'Espagne est son frère Joseph. La légitimité, ce sont nos sabres et nos baïonnettes qui l'imposent. Et ce n'est pas une armée de déserteurs et de croquants qui pourra résister aux vainqueurs d'Iéna et d'Austerlitz.

Frédéric fit une grimace.

– Mais quand même, à Bailén, Dupont a dû se rendre. Tu as entendu Dembrowsky, cette nuit.

– Ne commence pas, avec Bailén, le coupa Bourmont, gêné. La faute en revient à la chaleur et à la méconnaissance du terrain. Une erreur de calcul. Et puis Dupont n'avait pas avec lui le 4e hussards. Que diable, mon cher, tu t'es levé du pied gauche, ce matin. Que t'arrive-t-il ?

Frédéric adressa un sourire plein de franchise à son camarade.

– Rien. C'est seulement que nous livrons une guerre étrange qui ne figure pas dans les livres que nous avons étudiés à l'École militaire. Tu te rappelles notre conversation de cette nuit ? Il est difficile de renoncer à des guerres loyales, contre des ennemis parfaitement identifiables et bien alignés en face de nous.

– Des guerres propres, résuma Bourmont.

– Oui. Des guerres propres, où les curés ne battent pas la campagne avec leur soutane retroussée et un tromblon à l'épaule, où les vieilles n'arrosent pas nos soldats d'huile bouillante. Où les puits contiennent de l'eau et non des cadavres de camarades assassinés.

– Tu demandes beaucoup, Frédéric.

– Pourquoi ?

– Parce qu'à la guerre, on hait. Et c'est la haine qui motive les hommes.

– J'en conviens. Dans toute guerre convenable, on hait l'ennemi pour la bonne et simple raison qu'il est cela : l'ennemi. Mais ici, c'est plus compliqué. On nous hait moins parce que nous sommes des envahisseurs que parce que nous sommes des hérétiques ; les prêtres prêchent la rébellion du haut de leurs chaires, les paysans préfèrent abandonner les villages et brûler les récoltes plutôt que de nous laisser le moindre croûton de pain...

Bourmont eut un sourire amical.

– Ne te vexe pas, Frédéric, mais j'ai parfois l'impression que tu parles avec une naïveté désarmante. La guerre est comme ça : ce n'est pas nous qui la changerons.

– Peut-être suis-je naïf. Peut-être cesserai-je de l'être en Espagne, qui sait. Mais j'ai toujours pensé que la guerre, c'était autre chose... Je suis surpris par cette barbarie méridionale, cet orgueil ancestral, préhistorique, des Espagnols qui sont encore capables de nous cracher à la figure sous la potence qui les expédiera en enfer. Tu te souviens du curé de Cecina ? Il était là, petit et crasseux, misérable avec sa soutane raide de graisse, la corde au cou... Mais il ne tremblait pas de peur, il tremblait de haine. Des gens comme lui, il ne suffit pas de tuer leur corps. Il faudrait aussi tuer leur âme.

De l'autre côté de la colline leur parvint, assourdi par la distance, le grondement de l'artillerie. Les chevaux dressèrent les oreilles et piaffèrent, inquiets. Les deux amis se regardèrent.

– Ça y est ! La bataille a commencé ! s'exclama Bourmont.

Le cœur de Frédéric bondit de plaisir dans sa poitrine. Le son du canon lui parut beau malgré la pluie fine et le voile gris qui couvrait l'horizon. Il jeta son cigare sur le sol mouillé où celui-ci continua de fumer quelques instants et posa la main sur l'épaule de son camarade.

– J'ai bien cru que ce jour ne viendrait jamais.

Bourmont tordit sa moustache avec une grimace complice. Ses yeux brillaient, il semblait excité comme un coq qui s'apprête au combat.

Les hussards bavardaient en groupes, le regard tourné dans la direction d'où venaient les coups de canon et échangeaient les rumeurs les plus diverses et toutes dépourvues du moindre fondement. Un grand brigadier osseux, nattes et moustache rousses, affirmait d'un air entendu que le général Darsand avait prévu une feinte du côté de Limas, alors qu'en réalité il avait l'intention de couper le chemin de Cordoue en deux endroits. L'exposé tactique du hussard roux n'avait pas l'agrément d'un de ses camarades qui – en se fondant sur des confidences anonymes mais absolument dignes de confiance – soutenait que l'offensive sur Limas était le début d'un audacieux mouvement destiné à empêcher l'armée espagnole de faire retraite vers Montilla. La discussion déjà vive s'envenima encore quand un troisième hussard prétendit, avec une égale assurance, qu'aucune offensive sur Limas n'était en cours, et que le vrai mouvement, qui ne commencerait pas avant le soir, se ferait en direction de Jaén.

L'estafette envoyée par Berret revenait, galopant déjà sur le flanc de la colline. Sur la côte voisine, la masse noire de l'autre escadron se déplaçait lentement ; il franchit la crête et disparut.

Le trompette sonna le boute-selle. Les deux amis se débarrassèrent des capotes et les attachèrent devant le pommeau de leur selle. Bourmont adressa un clin d'œil à Frédéric, se hissa sur ses étriers et alla occuper sa place. Monté sur Noirot, ferme sur ses arçons, Frédéric ajusta la jugulaire de son colback. Il jeta un regard écœuré au ciel gris. La pluie commençait à percer son dolman et il sentait une humidité désagréable peser sur ses épaules et son dos. Heureusement, la température était devenue supportable.

Une autre sonnerie de trompette, et l'escadron partit au trot, en contournant la colline. Les sabots des chevaux arrachaient des mottes de terre mouillée qui rejaillissaient sur les cavaliers suivants. En un sens, Frédéric préférait cela à la poussière qui s'élevait d'une terre trop sèche, faisant suffoquer cavaliers et montures et brouillant la vue pendant la marche. Il lança un coup d'œil aux deux fontes fixées de part et d'autre du pommeau de la selle : couvertes de toiles cirées pour les protéger de l'humidité, elles contenaient deux excellents pistolets modèle An XIII. Tout était en ordre. Il se sentait excité par l'imminence de l'action, mais calme et la tête claire. Il ajusta son corps aux mouvements de Noirot, jouissant du plaisir de la chevauchée, yeux et oreilles aux aguets du moindre signe annonciateur du combat.

Laissant la colline derrière eux, ils passèrent devant un petit bois dans lequel on distinguait les vestes bleues et les buffleteries blanches de soldats de l'infanterie. Le canon continuait de tonner de l'autre côté de l'horizon. Puis ils débouchèrent sur un plateau, et Frédéric remarqua qu'un autre escadron de hussards marchait sur sa gauche, probablement celui qu'il avait vu stationner sur la côte voisine pendant la dernière halte. À ce moment-là, il éprouva un profond sentiment d'orgueil en constatant l'aspect imposant de l'escadron qui avançait en formation impeccable comme une machine de guerre vivante, disciplinée et parfaite, avec aux fourreaux une centaine de sabres impatients.

Ils franchirent des collines et des vallons pour arriver finalement en vue d'un petit village d'où montaient des colonnes de fumée. Le commandant Berret ordonna la halte et, durant un moment, s'entretint avec Dembrowsky en consultant une carte. Frédéric les observa distraitement, toute son ouïe concentrée sur la lointaine canonnade à laquelle se joignait maintenant un crépitement de mousqueterie. Tandis qu'il tirait légèrement sur les rênes pour empêcher Noirot de brouter l'herbe rare, il vit le capitaine le regarder et lui faire signe. Le cœur battant, il piqua des éperons et s'approcha des chefs de l'escadron.

Berret, debout sur ses étriers, plissait son œil unique pour observer le village avec une expression grave. Ce fut le capitaine qui adressa la parole à Frédéric.

– Glüntz, prenez six hommes et faites une reconnaissance de ce côté. Voyez qui est dans le village.

Frédéric se dressa sur sa selle en se sentant rougir. C'était la première fois qu'on lui confiait une mission au combat.

– À vos ordres.

Noirot encensait, anxieux, comme s'il partageait l'émotion de son cavalier.

Dembrowsky avait l'air préoccupé.

– Ne prenez pas de risques, Glüntz, recommanda-t-il en fronçant les sourcils. Jetez seulement un coup d'œil et revenez tout de suite. Il est encore un peu tôt pour vous couvrir de gloire. Compris ?

– Parfaitement, mon capitaine.

– On ne vous demande pas de faire des prodiges. Juste d'aller là-bas, de voir ce qui se passe et de revenir nous le dire. En principe, notre infanterie doit se trouver dans le village.

– Compris, mon capitaine.

– Alors faites vite. Et attention aux francs-tireurs.

Le jeune homme regarda le commandant, mais Berret leur tournait le dos, absorbé dans la contemplation du paysage. Frédéric fit un salut militaire impeccable et se dirigea vers les hussards de son peloton les plus proches. Il désigna ceux dont l'allure lui sembla la meilleure.

– Vous six, suivez-moi.

Ils éperonnèrent leurs chevaux et partirent au galop. La

pluie fine continuait de tomber doucement, mais la terre, bien que déjà détrempée, n'était pas encore trop meuble. Frédéric pressa les cuisses contre les flancs de sa monture et baissa la tête. L'eau coulait sur sa figure et sur sa nuque, gouttant de la fourrure mouillée du colback. Pendant qu'il s'éloignait de l'escadron, il eut la certitude que les yeux bleus de Michel de Bourmont suivaient de loin la cavalcade.

*

Les colonnes de fumée qui montaient au-dessus du village semblaient immobiles, suspendues entre ciel et terre, condensées dans le matin gris. La terre remuée était sillonnée d'empreintes de sabots et d'ornières de chariots ou de canons. L'air sentait le bois brûlé.

Ils suivirent un chemin qui courait entre des amandiers. Le village était déjà proche et, venant de l'autre côté, on entendait des tirs nourris, sans qu'on puisse encore découvrir le moindre être vivant. En empruntant ce sentier inconnu, Frédéric ne put se défendre d'éprouver une certaine appréhension : il avait l'impression qu'il allait à tout moment se retrouver nez à nez avec un parti d'ennemis. Sans cesser d'éperonner Noirot, il glissa les rênes entre ses dents et sortit un pistolet des fontes jumelles, le libéra de sa toile cirée et le remit ensuite en place, à portée de main, prêt à servir.

Un chariot était renversé sur le bord du chemin et, près de lui, gisait un mort. Au passage, Frédéric lui jeta un regard rapide. Son visage était enfoui dans la terre humide, ses vêtements étaient trempés, ses bras en croix. Une jambe était étrangement tordue et on lui avait pris ses bottes. Il ne reconnut pas l'uniforme et supposa qu'il s'agissait d'un Espagnol. Un peu plus loin, deux autres cadavres étaient couchés près d'un cheval mort. Comme il concentrait son attention sur les maisons du village qu'il était sur le point d'atteindre et sur le crépitement de la fusillade, il mit quelque temps à réaliser que, pour la première fois de sa vie, il venait de voir des morts sur un champ de bataille.

Plusieurs maisons brûlaient malgré la pluie. En s'effondrant, les poutres carbonisées répandaient des gerbes d'étincelles avant d'être réduites en cendres. Frédéric tira sur les rênes et mit son cheval au pas. Déployés derrière lui, les six hussards tenant leurs carabines scrutaient les alentours de leurs yeux exercés de vétérans. La rue principale semblait déserte. Au-delà des bâtisses blanches, les feux de peloton avaient cédé la place à des tirs isolés.

– N'avancez pas à découvert, mon lieutenant, lui dit un hussard aux longs favoris noirs, qui chevauchait collé à la croupe de Noirot. En longeant les maisons, nous serons moins visibles.

Frédéric jugea le conseil raisonnable, mais ne répondit pas et maintint Noirot au milieu de la rue. Le hussard resta près de lui en grommelant entre ses dents. Les cinq autres marchaient derrière, le long des murs, rênes lâches et carabines en travers de l'arçon.

Un chien aux poils hérissés par la pluie traversa la rue en courant et se perdit dans une ruelle. Adossé contre un mur, les yeux clos et la bouche ouverte, il y avait encore un cadavre. La buffleterie blanche croisée sur sa poitrine était souillée de boue, et le contenu du sac éventré était éparpillé sur le sol. Ce détail impressionna plus Frédéric que l'expression figée de son infortuné propriétaire. Il se rappela l'Espagnol sans bottes du chemin et se demanda qui pouvait être assez misérable pour dépouiller ainsi les morts.

La pluie s'était arrêtée et les flaques reflétaient le ciel de plomb. De l'autre côté d'un mur retentit une décharge si proche que Frédéric, bien malgré lui, sursauta sur sa selle. Le hussard aux favoris noirs protesta à haute voix. Ça ne servait à rien, dit-il, de se faire tuer en chevauchant au milieu de la rue.

Cette fois, Frédéric fut d'accord. Il commençait à penser que la guerre réelle ne ressemblait en rien aux images héroïques que l'on voyait sur les gravures des livres ou sur les tableaux aux belles couleurs représentant des exploits militaires. Tout ce qu'il pouvait voir, c'étaient des petits fragments isolés aux teintes glacées, encadrés par le matin humide et gris, des scènes individuelles et mesquines dépourvues des chaudes nuances et de la superbe vue cavalière qui, jusqu'à ce jour, caractérisaient pour lui un combat. Il ne savait s'il était perdant ou gagnant. À dire vrai, il ne savait même pas avec certitude s'il se trouvait sur un champ de bataille ou si, au contraire, ce qui se déroulait ici n'était que de petites escarmouches marginales, bien loin de la scène où, sans lui, se décidait réellement la bataille. À cette dernière réflexion, il ressentit une étrange déception et s'irrita contre le Destin qui, en ce moment peut-être, le privait de la gloire pour la donner à d'autres qui en étaient moins dignes que lui.

En contournant une maison, ils découvrirent un peloton d'infanterie qui tiraillait, à l'abri d'un muret, en direction d'un petit bois voisin. Les faces des soldats étaient noires de poudre ; ils mordaient l'une après l'autre les cartouches des balles qu'ils enfonçaient avec des baguettes dans les canons des fusils fumants avant d'épauler, de tirer et de répéter les mêmes mouvements. Ils étaient une vingtaine et avaient l'air épuisés. Ils gardaient les yeux fixés sur le bois avec une expression de fureur concentrée, étrangers à tout ce qui n'était pas charger, viser et tirer. L'un d'eux, assis par terre, pressait ses mains contre son visage, et un mouchoir ensanglanté lui ceignait la tête. De temps en temps, il gémissait sourdement, sans que personne s'en soucie. Son fusil était posé à quelques mètres, contre le muret. Parfois une balle passait au-dessus d'eux en sifflant et allait s'écraser avec un bruit mat sur une clôture voisine.

Un sergent à moustache grise, les yeux rougis, vit les hussards et s'approcha d'eux d'un pas tranquille, en se bornant à baisser la tête quand un nouveau projectile fendait l'air de trop près. Il avait des jambes courtes et épaisses dans un pantalon de nankin blanc taché de glaise.

Quand il distingua les galons de sous-lieutenant sur les manches du dolman de Frédéric, le sergent cessa de baisser la tête. Il fit un salut désinvolte et souhaita la bienvenue aux hussards.

– Je ne savais pas que vous étiez dans les parages, dit-il avec une satisfaction visible. Ça fait toujours plaisir d'avoir la cavalerie légère près de soi. Je vous conseille de descendre de cheval, vous serez plus en sûreté. Ils nous tirent dessus depuis le bois.

Frédéric négligea l'observation. Il rengaina son sabre et caressa la crinière de Noirot en étudiant avec une indifférence appuyée la scène où se déroulait l'escarmouche.

– Quelle est la situation ?

Le sergent se gratta une oreille, regarda encore le bois, puis le jeune officier et ses hommes. Il semblait amusé de voir que les superbes uniformes des nouveaux venus étaient presque aussi trempés que le sien.

– Nous sommes du 78e de ligne, dit-il, sans nécessité, car il portait le numéro de son régiment sur son shako. Nous sommes arrivés dans le village un peu avant l'aube, et nous les en avons délogés. Un groupe est resté là, juste devant, et nous sommes en train de nous occuper d'eux.

– Quels effectifs occupent le village ?

– Une compagnie, la 2e. Répartie un peu partout.

– Qui commande ?

– Le capitaine Audusse. La dernière fois que je l'ai vu, il était près du clocher de l'église d'où il dirige la compagnie. Le reste du bataillon est à une demi-lieue au nord, déployé le long du chemin qui mène à un endroit appelé Fuente Alcina. C'est tout ce que je peux vous dire. Si vous voulez d'autres détails, adressez-vous au capitaine.

– Ce n'est pas nécessaire.

Du bois, trois ou quatre coups de feu furent tirés presque simultanément et l'un d'eux passa à ras de terre, près d'eux. Un soldat qui se tenait derrière le muret poussa un cri et laissa choir son fusil. Puis il recula en titubant et en regardant avec stupéfaction son ventre taché de sang.

Le sergent se désintéressa des hussards et fit quelques pas en direction de ses hommes.

– Couvrez-vous, bande d'abrutis ! On est ici pour déloger ceux d'en face, pas pour leur servir de cibles !... Mais que diable fait Durand ?

Un hussard se dressa sur ses étriers, épaula sa carabine et fit feu. Puis il sifflota entre ses dents tout en rechargeant son arme et en poussant la baguette dans le canon. À une centaine de mètres sur la gauche, sortant de derrière des figuiers de Barbarie, une file de soldats venant du village avançait en s'arrêtant pour tirer, recharger et reprendre sa marche. Le sergent leva son sabre et se mit à courir vers le muret.

– En avant ! En avant ! Voilà Durand ! Allons les rejoindre !

Les soldats, baïonnette au canon, se redressèrent. Le sergent sauta de l'autre côté du muret, et ils le suivirent en criant. Seuls restèrent dans la position le blessé à la tête bandée et celui qui était touché au ventre : il regardait d'un air stupide le sang qui coulait le long de ses cuisses, comme s'il refusait de croire que ce liquide rouge sortait de son corps.

Frédéric et ses hommes demeurèrent quelques instants à observer l'avance des deux lignes bleues qui convergeaient vers les arbres dans la fumée de la poudre. Trois ou quatre taches bleues plus petites s'en détachèrent et restèrent couchées sur le terrain tandis que l'ensemble poursuivait son chemin.

Ils s'attardèrent encore un peu à regarder. Puis, quand les deux files furent arrivées à la lisière du bois, les hussards firent volte-face et sortirent du village au galop pour rejoindre l'escadron.

*

Ainsi, c'était cela. De la boue aux genoux et du sang sur le ventre, la stupéfaction peinte sur les traits des morts, des cadavres dépouillés, de la pluie et des ennemis invisibles dont seule la fumée de leurs tirs indiquait la présence. La guerre anonyme et sale. Il n'y avait pas la moindre trace de gloire sur le soldat qui gémissait, la tête bandée et la figure dans les mains, ni sur l'autre blessé qui contemplait ses tripes répandues comme on formule un reproche.

Frédéric mit son cheval au trot allongé. Dans son dos chevauchaient, imperturbables, les six hussards, qui n'avaient fait aucun commentaire sur la scène à laquelle ils venaient d'assister. Le jeune homme, cependant, sentait se bousculer les questions sans réponse ; il eût aimé être seul pour les exprimer à voix haute.

Ils repassèrent devant les trois morts du chemin et, cette fois, Frédéric garda les yeux rivés sur eux jusqu'au moment où ils furent derrière lui. Il n'avait jamais pensé qu'un cadavre pouvait être aussi atrocement dépourvu de vie. Quand il s'imaginait lui-même mort, il se voyait avec les yeux fermés et une expression paisible sur le visage ; ou même avec un léger sourire figé à jamais aux commissures des lèvres. Un camarade lui croiserait les bras sur la poitrine, ses amis rassemblés autour de lui verseraient des larmes et le porteraient sur leurs épaules jusqu'à sa dernière demeure, un rayon de soleil éclairant sa face recouverte d'un masque plein de dignité, fait de poudre et de sang, comme cela revenait de droit à tout bon et loyal soldat.

Il découvrait maintenant que cela pourrait très bien ne pas se passer ainsi. Ces corps gisant dans la fange provoquaient en lui un étrange serrement de cœur, une angoissante sensation de solitude infinie sous la lumière grise de la matinée. Et à la pensée qu'une mort comme celle-là pouvait lui être destinée, Frédéric sentit monter dans sa poitrine un chagrin très profond.

Le retour à l'escadron dissipa ces lugubres pensées. Il retrouvait la sécurité des visages connus, de la troupe nombreuse et disciplinée sous le commandement de chefs responsables et expérimentés, connaissant leur métier, accoutumés à voir des hommes morts dans la boue. C'était comme revenir dans le monde des vivants et des forts, où tout sentiment était collectif et se transformait en foi aveugle dans la victoire, en assurance indestructible fondée sur la conscience de leur puissance.

Il informa Berret et Dembrowsky de la situation dans le village, en se bornant à parler des troupes qui l'occupaient et de l'escarmouche du bois. Il ne dit rien des cadavres du chemin, ni du soldat mort dans la rue, ni des blessés du muret. Tandis qu'il contemplait les faces impassibles de ses supérieurs, derrière lesquels s'alignaient les rangs solides de l'escadron, il sentit que ces scènes s'effaçaient dans son esprit comme un mauvais rêve, pour finir par disparaître complètement.

En reprenant sa place dans les rangs, il échangea un salut avec Bourmont qui agita la main avec un sourire de sympathie. Le hussard aux favoris noirs rapportait à ses camarades les détails de leur incursion dans le village.

– Vous auriez dû voir le sous-lieutenant… racontait-il à

mi-voix, sans s'apercevoir que l'intéressé était tout près et l'entendait. Il avançait au milieu de la rue, bien droit sur sa selle, et quand je lui ai dit qu'il pouvait se faire moucher par une balle, c'est tout juste s'il ne m'a pas envoyé au diable. Une tête carrée d'Alsacien, voilà ce qu'il est... Pas trop mal, pour un blanc-bec !

Frédéric rougit de fierté et laissa errer ses yeux sur la campagne couverte d'oliviers et d'amandiers. Le ciel chargé semblait vouloir s'éclaircir à l'horizon, comme si le soleil se battait pour se frayer un chemin dans la couche de nuages.

Le trompette sonna un ordre et l'escadron partit au trot, laissant le village sur sa gauche pour pénétrer dans des champs que personne ne cultivait plus depuis des mois. Ils chevauchèrent environ une lieue et, bientôt, ils commencèrent à apercevoir des troupes. Ce fut d'abord une compagnie de chasseurs qui marchait sur le chaume d'un ancien champ de maïs. Puis ils virent plusieurs pièces d'artillerie dont les attelages étaient lancés au galop et qui cahotaient en traversant les friches. Finalement, ils dépassèrent un peloton de dragons qui allaient au pas, les brides lâches, l'air fatigué et les carabines à l'arçon. Venant de l'autre côté de collines proches, on entendait des décharges de mousqueteries, scandées par des coups de canon.

L'escadron s'arrêta pour faire boire les chevaux dans un ruisseau qui coulait entre des rives marécageuses et couvertes d'arbustes. Le commandant Berret s'éloigna avec le capitaine Dembrowsky, le lieutenant Maugny, le porte-drapeau Blondois et le trompette-major ; tous quatre montèrent sur un tertre voisin. Un autre escadron du régiment était visible, immobile, et ses chefs se tenaient sur le tertre où, probablement, s'était établi l'état-major du 4e hussards. Le colonel Letac devait être là-haut, ou non loin, auprès du général Darsand.

Frédéric mit pied à terre et laissa Noirot plonger librement ses naseaux dans les eaux troubles du ruisseau. La pluie ne tombait plus, et le vent de la cavalcade avait un peu séché les uniformes des hussards, qui se dégourdissaient les jambes en échangeant des suppositions sur ce qui se passait de l'autre côté de la crête, là où la bataille principale semblait avoir commencé. Frédéric sortit sa montre de sa poche : les aiguilles indiquaient un peu plus de dix heures.

Le lieutenant Philippo s'approcha, en conversation animée avec Bourmont. Ils laissèrent leurs chevaux s'abreuver et rejoignirent Frédéric. Philippo était un hussard dont le visage ressemblait à celui d'un gitan, nattes et moustache noires, peau très brune tirant sur l'olivâtre. Il était de taille moyenne, un peu plus petit que Frédéric et beaucoup plus que Bourmont, et il avait l'habitude de jurer en italien, langue qu'il parlait parfaitement car sa famille était d'origine transalpine. C'était un personnage fort imbu de sa personne, extrêmement soigné dans sa mise, et, affirmait-on, très courageux. Il avait combattu à Eylau et à Madrid, au parc de Monteleón, et livré cinq duels, toujours au sabre, en tuant deux de ses adversaires. Les femmes, cause de sa renommée de bretteur, étaient sa faiblesse, et nombreux étaient ceux qui assuraient qu'elles étaient aussi sa ruine. Il avait coutume d'emprunter de l'argent à tout le monde et de le rendre en contractant de nouvelles dettes.

Philippo serra cérémonieusement la main de Frédéric.

– Félicitations, Glüntz. On m'a dit que votre première mission avait été couronnée de succès.

Bourmont souriait, heureux du compliment adressé à son ami. Frédéric haussa les épaules ; dans le régiment, il était de mauvais ton de donner de l'importance à une action personnelle, et accorder quelque considération à une patrouille de routine effectuée sans incident ne pouvait être que fort mal venu.

– Je la qualifierais plutôt d'ennuyeuse, répondit-il avec la modestie voulue. Les nôtres avaient déjà délogé les Espagnols du village, et donc il n'y avait plus rien d'intéressant.

Philippo s'appuya des deux mains sur son sabre. Il aimait se donner des allures de vétéran.

– Vous aurez l'occasion de connaître des sensations plus fortes, dit-il de l'air mystérieux d'un homme qui ne raconte pas tout ce qu'il sait. Je tiens de bonne source que nous allons entrer en ligne d'ici peu.

Fortement intéressés, les deux sous-lieutenants dévisagèrent Philippo. Celui-ci se rengorgea, content de son effet.

– Mais oui, chers amis, ajouta-t-il. D'après ce qu'a dit Dembrowsky tout à l'heure dans un de ses rares moments de loquacité, Darsand continue d'essayer de couper aux Espagnols le passage vers les montagnes. Le problème, c'est la colonne Ferret.

– Ferret ? demanda Bourmont. D'après mes informations, il devrait être en train de renforcer notre flanc gauche.

Philippo eut un geste de dédain, comme s'il mettait en doute les capacités militaires du colonel Ferret.

– C'est bien là le hic, expliqua-t-il. Ferret, qui devrait être ici depuis un bon moment, n'est pas encore arrivé. Dans ces conditions, il est possible qu'on fasse appel à nous avant l'heure prévue, pour désorganiser les lignes ennemies qui sont de l'autre côté de ces collines.

– C'est Dembrowsky qui a dit ça ? interrogea Frédéric, excité par les confidences de Philippo ; il se voyait déjà marchant à l'ennemi.

– Non, ce dernier point n'est qu'une supposition. Mais ça me semble élémentaire. Nous constituons la seule force mobile du secteur et, de surcroît, l'unique régiment qui ne soit pas encore entré dans la bataille. Les autres sont au feu depuis longtemps, excepté le 8e léger, qui reste en réserve.

– Nous avons vu des dragons tout à l'heure, fit remarquer Bourmont.

– Oui, je sais. On m'a dit qu'ils sont employés par petits groupes pour des missions de reconnaissance tout le long de la ligne. Mais nos quatre escadrons, eux, sont bien là.

Frédéric ne partageait pas la certitude de Philippo.

– Je ne vois que ceux-là, objecta-t-il en indiquant la masse immobile des cavaliers visibles depuis l'escadron. Ceux-là et nous. Et comme un et un font deux, cela ne fait qu'un demi-régiment.

Philippo eut une grimace agacée.

– Vous m'ennuyez avec votre arithmétique germanique, Glüntz, riposta-t-il, gêné. Vous êtes jeune, vous n'avez pas encore d'expérience. Faites confiance à ce que vous dit un vétéran.

– C'est raisonnable, renchérit Bourmont, et Frédéric se montra très vite d'accord.

– J'aimerais bien savoir qui a l'avantage, reprit-il en se tournant dans la direction du champ de bataille.

– Ah çà ! pas moyen de le savoir pour l'instant, affirma Philippo. Il semble que notre flanc droit éprouve quelques difficultés à se maintenir. Ils ont demandé des renforts d'artillerie et l'on attend d'un moment à l'autre l'entrée en ligne du 8e léger. Nous devrions leur prêter main-forte d'ici peu.

– Voilà qui ne me déplairait pas, affirma Bourmont.

Philippo tapota la poignée de son sabre d'un air faraud.

– Et moi donc ! Dès que nous montrerons le bout de notre nez de l'autre côté de ces crêtes, les Espagnols décamperont comme s'ils avaient le diable à leurs trousses. *Cazzo di Dio !*

Frédéric détacha la capote roulée sur sa selle et l'étendit par terre, sous le tronc d'un olivier. Il ôta son colback, prit sa gourde et s'allongea en mordant dans un morceau de biscuit sec tiré de sa sacoche. Les autres l'imitèrent.

– Quelqu'un aurait-il du cognac ? demanda Philippo. Même si ce n'est que de l'eau-de-vie, je ne refuserai pas un coup.

Bourmont lui tendit une flasque sans dire mot. Les hussards avaient eu le temps de s'approvisionner avant de quitter le camp, mais sans doute le lieutenant avait-il épuisé ses réserves. Philippo la porta à ses lèvres avec un soupir de satisfaction.

– Ah, mes chers amis !... Ça ressusciterait un mort.

– Pas ceux que j'ai vus, murmura Frédéric dans un accès d'humour noir dont il fut le premier étonné.

Surpris, les autres le regardèrent.

– Au village ? demanda Bourmont.

– Oui, trois ou quatre. Presque tous des Espagnols. On leur avait pris leurs bottes.

– Si c'étaient des Espagnols, cela me semble bien, approuva Philippo. D'ailleurs, qu'est-ce qu'un mort peut faire de bottes ?

– Rien, répondit Bourmont, lugubre.

– Parfaitement : rien. Tandis qu'elles peuvent toujours servir à un vivant.

– Jamais je ne dépouillerai un cadavre, dit Frédéric, la mine sombre.

Philippo haussa un sourcil.

– Pourquoi ? Les morts s'en fichent bien.

– C'est indigne.

– Indigne ? – Philippo éclata d'un rire aigu. – C'est la guerre, mon cher. Naturellement, ce sont là des choses que l'on n'apprend pas à l'École militaire. Mais vous apprendrez, je vous l'assure… Imaginez, Glüntz, que vous marchiez sur un champ de bataille après une dure journée sans avoir avalé une bouchée et que vous trouviez un soldat mort, le sac bien garni. Vos scrupules vous empêcheront-ils de vous restaurer ?

– Je préfère mourir de faim, dit Frédéric avec une conviction absolue.

Philippo hocha la tête, réprobateur.

– Je vois que vous n'avez guère eu faim dans votre vie, mon vieux… Et vous, Bourmont, renonceriez-vous aux victuailles, si vous étiez à la place de notre jeune ami ?

Bourmont tordit une pointe de sa moustache, dubitatif.

– Je crois que je ferais comme lui, dit-il finalement. Je n'aime pas dépouiller les morts.

Philippo eut un claquement de langue découragé.

– Vous êtes indécrottables. Voilà bien le problème des âmes pures : elles considèrent la vie comme un rêve couleur de rose. Mais vous changerez, j'en suis sûr. Peut-être pas plus tard qu'aujourd'hui. Dépouiller les morts, avez-vous dit ? Bah ! Cela n'est rien. Vous n'avez jamais entendu parler de ces bandes répugnantes de détrousseurs qui suivent les armées en campagne et qui, la nuit, après la bataille, se glissent comme des ombres au milieu des cadavres et des blessés pour leur arracher jusqu'au dernier objet de valeur ? Ces charognards n'hésitent pas à achever les mourants pour les voler, ils coupent les doigts pour s'emparer des alliances, ils disloquent les mâchoires pour s'emparer des dents en or… Comparé à ce que fait cette racaille, prendre un quignon de pain ou une paire de bottes est un enfantillage… Ah, décidément, j'insiste, ça ressusciterait un mort ! proclama-t-il en rendant la flasque à Bourmont et en rotant discrètement. *Corpo di Cristo*, j'en avais bien besoin. Nous avons été un peu saucés ce matin, hein ? Et comme nous ne savions pas où diable nous allions, ni si le combat était ou non imminent, nous avons tardé à mettre nos capotes. Seuls le vieux Berret et ce poseur de Dembrowsky le savaient, et ils n'en ont pas soufflé mot. D'ici peu, les deux tiers de l'escadron éternueront. Encore une chance qu'il ne pleuve plus.

Un éclaireur arrivait au trot. Il se dirigeait à coup sûr vers le tertre ou se tenaient Berret et les autres. Les éclaireurs étaient les estafettes de la cavalerie ; ils sillonnaient le champ de bataille en portant des messages aux unités. Philippe le héla au moment où il passait près d'eux.

– Du nouveau, soldat ?

Le hussard, un jeune homme aux nattes et à la queue-de-cheval blondes, retint un instant sa monture.

– Le 4e escadron vient de tomber sur un parti de francs-tireurs à environ une lieue d'ici, annonça-t-il avec une pointe de satisfaction dans la voix (il appartenait au 4e). Il y est encore et taille les fuyards en pièces. Joli travail.

– Pas de quartier, murmura Bourmont avec un sourire cynique, en regardant s'éloigner l'estafette.

Philippo arborait une mine réjouie.

– Pas de quartier, en effet. C'est l'avantage d'avoir affaire à ces gens-là ; pas besoin de se fatiguer à garder des prisonniers. Quelques coups de sabre, et hop !, la question est réglée.

Bourmont et Frédéric se montrèrent d'accord. Philippo riait.

– C'est curieux, commenta-t-il en prenant un air suffisant, mais ce genre de guerre irrégulière, avec des bandes qui courent la campagne, est le propre des peuples méridionaux.

– Vraiment ? demanda Bourmont en se penchant, intéressé, vers le lieutenant.

– C'est évident, très cher !

Philippo aimait profiter de la moindre occasion pour se prévaloir de son sang italien.

– Pour la guérilla, il faut faire preuve d'imagination, d'initiative… Et même d'une certaine indiscipline. Vous imaginez un Anglais guérillero ? Ou un Polonais comme le capitaine Dembrowsky ?… Impossible ! Pour ça, on doit avoir le sang chaud, messieurs. Très chaud.

– Comme vous, mon cher, renchérit Bourmont avec une ironie voilée.

– Parfaitement : comme moi. Au fond, je trouve que ces maudits paysans armés d'escopettes ne sont pas de mauvais bougres. Quand je les égorge, j'ai l'impression d'égorger mon père. Le brave homme était méridional jusqu'à la moelle.

– Mais vous tuez plus de Français que d'Espagnols, Philippo. Vous et vos fameux duels…

– Je tue ce qui se met en travers de mon chemin, répliqua d'un ton sentencieux le Franco-Italien, un peu vexé.

Frédéric caressa la croupe de Noirot, qui le remercia par un hennissement. Le ciel gris se reflétait dans l'eau du ruisseau, mais les nuages s'étaient légèrement ouverts pour laisser percer des morceaux d'azur. Un rayon de soleil éclairait les crêtes des collines voisines. Le jeune homme pensa que, malgré la guerre, ou peut-être grâce à elle, le paysage lui semblait maintenant très beau.

Il regarda le cheval de Bourmont en train de s'abreuver près du sien, dans l'eau jusqu'aux jarrets. Pommelé, la crinière longue et la queue taillée, sans être enlaidi par les taches de la croupe, il avait une allure superbe. La selle garnie de peau de léopard était d'une beauté singulière. Elle était hongroise, comme tout l'équipement des hussards : selle, bottes, uniformes… D'ailleurs, le terme « hussard » était originaire de ce pays. Quelqu'un avait raconté à Frédéric qu'il venait du hongrois *húszar*, qui signifie « le vingtième ». Des siècles plus tôt, une recrue sur vingt était affectée à la cavalerie. Telle avait été l'origine de la légendaire cavalerie légère dont le style et les traditions avaient été adoptés par presque tous les pays d'Europe.

Avec une parfaite désinvolture, Philippo leur demanda s'ils avaient sur eux des cigares, en prétextant que son étui était dans la sacoche, celle-ci sur le cheval et ce dernier au milieu du ruisseau. Bourmont défit plusieurs boutons de son dolman et en sortit trois cigares. Ils les allumèrent et fumèrent sans parler, en contemplant les éclaircies et les nuages qui passaient au-dessus de leurs têtes.

– Je me demande, reprit Philippo au bout d'un moment, dans combien de temps nous serons de retour à Cordoue.

Surpris, Frédéric le regarda.

– Vous aimez Cordoue ? Pour ma part, je trouve cette ville trop chaude et trop sale.

– Les femmes y sont jolies, répondit Philippo, les yeux rêveurs. J'y connais une merveille qui possède une chevelure de jais et une taille à vous faire perdre la tête : même ce maudit glaçon de Dembrowsky n'y résisterait pas. – De toute évidence, le capitaine polonais ne jouissait pas de la sympathie du Franco-Italien. – Elle se prénomme Lola et a des yeux capables de faire tomber Letac, hum, de cheval.

– Lola veut dire Dolores, n'est-ce pas ? l'interrogea Bourmont. Je crois qu'il s'agit d'un diminutif, un petit nom familier.

Philippo poussa un bruyant soupir.

– Dolores… Lola… Qu'importe ? Tous les noms lui siéraient.

– Il me plaît… commenta Frédéric, en répétant plusieurs fois le nom à voix haute. Ça sonne bien, non ? Avec quelque chose de sauvage, de primitif. Très espagnol, assurément. Est-elle belle ?

Philippo émit un doux gémissement.

– Vous l'avez dit ! Plus que belle ! Mais ce que vous ignorez, c'est qu'elle a été, indirectement bien entendu, la coupable de...

– ... votre dernier duel, compléta Bourmont.

– Ah ! Vous connaissez l'histoire ?

– *Tout* le régiment connaît l'histoire, affirma Bourmont d'un air ennuyé. Vous l'avez contée vingt fois, mon cher.

– Et alors ? répliqua Philippo, prenant la mouche. Même si je l'avais racontée cent fois, elle continuerait d'être la même et Lola resterait toujours Lola.

– Allez savoir avec qui elle est en ce moment, glissa Bourmont en adressant un clin d'œil furtif à Frédéric.

Philippo tapota de nouveau la poignée de son sabre.

– Il y en a un, en tout cas, avec qui elle n'est sûrement pas : c'est cet imbécile du 11e de ligne que j'ai surpris un soir en train de rôder autour de sa demeure... Je lui ai dit de me suivre pour régler la question en un lieu discret, et il m'a répondu qu'il était interdit de se battre dans l'armée française. Me dire ça à moi, le lieutenant Philippo ! Je lui ai donc emboîté le pas jusqu'à son cantonnement et, arrivé devant la porte, j'ai fait un tel tapage que c'est tout juste si les camarades du pauvre diable n'ont pas dû le traîner dehors pour qu'il ne déshonore pas le nom de son régiment.

– Vous lui avez administré un bon coup de sabre, se souvint Bourmont.

– Plusieurs, oui ! Il est tombé comme un sac de pommes de terre, et on l'a emporté plus mort que vif.

– J'avais cru comprendre qu'il n'y en avait eu qu'un. Et que votre adversaire était reparti sur ses jambes.

– Vous avez été mal informé.

– Si c'est vous qui le dites…

Ils restèrent un moment silencieux, prêtant l'oreille au grondement lointain de la bataille qui se déroulait derrière les collines. L'infanterie devait passer un mauvais quart d'heure, pensa Frédéric, attentif aux détonations.

– Un jour, j'ai tué une femme, murmura Bourmont inopinément, comme s'il avait soudain décidé de se confesser à voix haute.

Ses camarades le regardèrent avec stupéfaction.

– Toi ? s'étonna Frédéric, incrédule. Tu plaisantes, Michel !

Bourmont nia de la tête.

– Je suis tout ce qu'il y a de plus sérieux, dit-il en fermant à demi les yeux comme s'il avait du mal à évoquer ce souvenir pénible. Ça s'est passé à Madrid, le 2 mai, dans une des ruelles qui se trouvent entre la Puerta del Sol et le Palais royal. Philippo se rappellera sûrement cette journée, parce qu'il y était aussi…

– Ah, si je me rappelle ! confirma l'intéressé. J'ai failli vingt fois y laisser ma peau !

– Les Madrilènes s'étaient soulevés, poursuivit Bourmont, et ils attaquaient nos troupes avec tout ce qui leur tombait sous la main: des pistolets, des fusils, et ces poignards espagnols très longs qu'on appelle des navajas… C'était une mêlée monstrueuse dans toute la ville. Ils nous tiraient dessus des fenêtres, lançaient des tuiles et des pots de fleurs, et même des meubles. J'étais en route pour porter un message au duc de Berg, quand j'ai été surpris par le tumulte. Des garnements ont commencé à me lancer des pierres, et ils ont presque réussi à me faire vider les étriers. Je les ai effrayés facilement, j'ai trotté jusqu'à la Plaza Mayor pour faire un détour, mais là, sans que je sache comment, j'ai été pris à partie par la populace. Il y avait une vingtaine d'hommes et de femmes, et, apparemment, les mamelouks venaient de tuer l'un des leurs qu'ils portaient à bout de bras, en laissant des traces sanglantes sur la chaussée. À ma vue, ils se sont jetés sur moi comme des fauves en brandissant des pieux et des couteaux. Les femmes étaient les pires, elles hurlaient comme des harpies et s'accrochaient à mes rênes et à mes jambes en essayant de me faire tomber de cheval…

Frédéric écoutait son ami avec attention. Bourmont parlait lentement, d'une voix presque monocorde, en s'arrêtant par moments, comme s'il s'efforçait de mettre de l'ordre dans ses souvenirs.

– J'ai dégainé mon sabre, continua-t-il, et, à cet instant, j'ai reçu un coup de navaja dans la cuisse. Le cheval s'est cabré, et il s'en est fallu de peu que je ne sois désarçonné, ce qui aurait fait de moi sur-le-champ un homme mort. Je dois reconnaître que j'étais épouvanté. Affronter l'ennemi est une chose, mais une foule en folie qui vocifère… Bref, j'ai piqué des éperons pour me frayer un passage, tout en expédiant des coups de sabre à droite et à gauche. C'est là qu'une femme, dont j'ai à peine vu le visage mais dont je me rappelle le fichu noir et les cris, s'est pendue au mors de mon cheval comme si elle avait décidé de mourir plutôt que de me laisser passer. J'étais étourdi par les coups et la douleur de ma blessure à la cuisse, et je commençais à perdre la tête. Ma monture s'est jetée en avant, en me sortant de la meute, mais cette femme continuait à se cramponner, elle ne me lâchait pas… Alors je lui ai donné un coup de sabre à la gorge, et elle est tombée sous les jambes du cheval, en répandant du sang par le nez et la bouche.

Frédéric et Philippo, intrigués, attendirent la suite de l'histoire. Mais Bourmont avait terminé. Silencieux, il regardait les nuages, son cigare fumant entre les doigts.

– Après tout, elle s'appelait peut-être Lola, ajouta-t-il après un moment.

Il éclata d'un rire amer.

4. L'escarmouche

Un cavalier solitaire apparut à l'est et remonta la pente du tertre où se tenait l'état-major du régiment. De la rive du ruisseau, Frédéric vit se découper la silhouette de l'homme et de son cheval, et il la suivit du regard jusqu'au sommet.

– C'est un éclaireur du colonel Letac, hasarda Philippo qui s'était redressé pour mieux voir. On va sûrement sonner le boute-selle d'ici peu.

– Ce n'est pas trop tôt, murmura Frédéric, les yeux brillants d'espoir.

– À qui le dites vous, approuva Philippo, qui se rassit en sifflotant entre ses dents «J'aime l'oignon frit à l'huile», l'air d'opéra-comique qui avait été adopté par toutes les fanfares de l'armée.

Bourmont, qui avait gardé les bras croisés derrière la nuque et n'avait même pas soulevé les paupières, prit un air excédé.

– Sacredieu, Philippo, ne me cassez pas les oreilles avec des chansons de vaudeville. Votre histoire d'oignon est du plus mauvais goût, et de plus l'air en est hideux.

L'intéressé regarda son camarade, visiblement vexé.

– Pardonnez-moi, cher ami, mais cette mélodie que vous semblez tant détester est l'une des plus allègres que jouent nos fanfares. Et puis elle fait merveille dans les défilés.

Bourmont semblait fort réservé sur la question.

– Elle est d'une vulgarité ! riposta-t-il avec mépris. Les cinq cents musiciens formés par David Buhl à l'école de Versailles ont certes appris à jouer de la trompette, mais non à choisir leur musique. « J'aime l'oignon frit à l'huile »... Pouah ! C'est tout bonnement grotesque.

– Eh bien, moi, ça me plaît ! protesta Philippo. Garderiez-vous quelque penchant pour les anciens airs de la royauté ?

– Ils ne manquaient pas de charme, répondit froidement Bourmont en ouvrant les yeux et les rivant sur ceux de Philippo qui, au bout de quelques instants de tension, préféra détourner le regard.

Frédéric décida d'intervenir.

– En ce qui me concerne, j'aime mieux les anciens airs républicains, risqua-t-il.

– Moi de même, dit Bourmont. Ceux-là, au moins, ne sont pas nés dans des décors de théâtre au milieu des chandelles, ils n'ont pas été chantés par des cantatrices peinturlurées et des acteurs comiques.

– Mais l'Empereur ne goûte pas les airs républicains, insista Philippo. Il dit qu'ils sont trop entachés de sang français, et il préfère que ses soldats marchent au son de musiques joyeuses comme celle-là. Et cet air qui vous déplaît tant, Bourmont, est justement l'un de ses favoris.

– Je sais. Mais que Napoléon soit un foudre de guerre ne signifie pas que son génie s'étende au domaine de la musique. Il est clair que, de ce côté, il présente quelques lacunes.

Philippo tordit sa moustache, irrité.

– Dites-moi, Bourmont. Savez-vous que, parfois, j'estime que vous dépassez les bornes ?

– Vous pouvez m'en demander réparation quand vous voudrez, répliqua Bourmont avec le plus grand calme. Je suis à votre disposition.

– *Cazzo di Dio!*

Frédéric crut le moment venu de s'interposer de nouveau.

– Voyons, ne nous emballons pas, dit-il sur un ton conciliant. Réservons-nous pour les Espagnols.

Philippo ouvrit la bouche pour ajouter quelque chose, rouge de colère, mais il surprit un clin d'œil furtif que Bourmont adressait à Frédéric. Du coup sa fureur disparut comme par enchantement, et il éclata de rire.

– *Sporca Madonna*, Bourmont, nous réglerons ça un jour au sabre. Amusez-vous à vous payer ma tête, mon cher.

– Au sabre ? Et combien serez-vous ?

– *Cazzo di Dio!*

– Voilà qui suffit, intervint encore Frédéric. Reste-t-il du cognac ?

Bourmont tendit sa flasque, et les trois hussards burent en silence. Le lieutenant Gérard et le sous-lieutenant Laffont s'approchaient d'eux.

– Vous avez vu l'éclaireur ? demanda Laffont, un Bordelais roux et dégingandé, excellent cavalier et fort adroit au sabre.

– Oui, acquiesça Frédéric. Je crois que nous allons faire mouvement.

– Il semble que le gros de la bataille se déplace vers le centre de nos lignes, commenta Gérard, un vétéran aux longues nattes et aux jambes arquées. Ça doit chauffer, là-bas.

Pendant un moment, ils échangèrent des conjectures. Finalement, ils arrivèrent tous à la conclusion que personne n'avait la moindre idée de ce qui se passait. Aux alentours, éparpillés sur la rive du ruisseau, les hussards conversaient par groupes ou demeuraient silencieux près de leurs chevaux, le regard perdu vers les collines. Le soleil ne parvenait pas à déchirer entièrement la couche de nuages, et le ciel se refermait, couvrant l'horizon d'ombres menaçantes.

Le capitaine Dembrowsky descendait du tertre et paraissait pressé. Les officiers coururent à leurs montures, tandis qu'un murmure d'impatience circulait dans l'escadron. Frédéric et Bourmont ramassèrent en hâte leurs capotes et les attachèrent à leur selle. Pour rejoindre son cheval, Philippo dut mouiller ses bottes.

Dembrowsky était déjà parmi eux, et le trompette sonnait le rassemblement. Les hussards s'alignèrent en tenant les chevaux par la bride. Frédéric enfonça son colback sur sa tête, se mit au garde-à-vous en tenant de la main gauche son sabre dans son fourreau, et se dit que, cette fois, les choses semblaient devenir sérieuses. Bourmont lui adressa un signe qui exprimait sa satisfaction. Il pensait de même.

Lorsque le boute-selle retentit, les cent huit cavaliers montèrent à cheval comme un seul homme. Il était curieux de constater que les membres du régiment, si attachés au style indiscipliné de la cavalerie légère quand ils se trouvaient loin de l'action, devenaient aussi précis qu'un mécanisme quand ils s'en rapprochaient. Et c'était bien en machine de guerre puissante, flexible et dévastatrice que cet esprit collectif les transformait, face à l'imminence du combat.

– À moi, les officiers ! appela Dembrowsky.

Ceux-ci éperonnèrent leurs chevaux et se rassemblèrent autour de lui.

– L'escadron va se diviser un moment, expliqua le capitaine, en les regardant de ses yeux glacés. La 1re compagnie escortera un bataillon du 8e léger, jusqu'à ce que celui-ci prenne position pour marcher au feu devant le village situé de l'autre côté des collines. La mission du 8e est de s'en emparer et d'en déloger l'ennemi, mais cela n'est pas de notre ressort. Dès que l'infanterie aura occupé sa position, nous ferons volte-face et nous nous replierons sur le vallon que vous voyez là-bas, où nous attendra la 2e compagnie, en selle et prête à entrer en action dès qu'elle en recevra l'ordre... Il est possible que nous apercevions des cavaliers sur notre gauche, à la lisière du bois. Ne vous en inquiétez pas, car il s'agira du 4e escadron de notre régiment, prêt à se lancer à la poursuite de l'ennemi dès que celui-ci aura déguerpi du village... Compris ? Alors, en marche ! Colonne par pelotons.

Frédéric occupa son poste, cette fois exactement au milieu de la formation composée de quatre rangs de douze hommes chacun. Ils partirent au pas et passèrent rapidement au trot dans les oliveraies couleur de cendre. Le lieutenant Maugny, qui descendait également la pente pour prendre le commandement de sa compagnie en route pour le vallon, les croisa et salua Dembrowsky qui lui rendit son salut par une légère inclination de la tête. Ils sautèrent sans difficulté un muret de pierre et remontèrent sur la petite éminence, en distinguant à leur droite, en haut de la colline principale, l'aigle du régiment qui flottait parmi un groupe d'officiers.

On n'entendait pas de coups de feu devant ; juste, sur la droite de la route qu'ils suivaient, le grondement toujours lointain du canon et de la fusillade. Frédéric imagina que, là-bas, la bataille devait faire rage, et il éprouva une certaine déception à l'idée qu'ils chevauchaient vers le silence, et sans même avoir la perspective de se battre. Une escorte en mission de routine ?

Quand ils eurent laissé derrière eux les dernières crêtes, les hussards purent enfin découvrir le champ de bataille. Il s'étendait du bois situé sur leur gauche à des montagnes éloignées, formant une vallée de cinq ou six lieues de large. Deux ou trois villages semblaient entourés de nuages bas, comme un brouillard. C'était là-bas que tonnait le canon, et Frédéric comprit au bout d'un moment que ce qu'il avait d'abord pris pour des nuages n'était autre que la fumée de la bataille.

Un peu plus près, à une lieue environ, les taches bleues de régiments français divisés en bataillons formaient des lignes immobiles, disséminées dans les champs. De temps en temps jaillissait de leurs rangs la brume des décharges de mousqueterie ; elle restait suspendue dans l'air, puis se dissipait lentement en lambeaux qui flottaient sur la vallée. En face, ponctuées par les brefs éclairs de l'artillerie, les décharges espagnoles faisaient jaillir des flocons de brume identiques, qui masquaient l'horizon et se confondaient avec la couche plombée des nuages bas. Le ciel couvert et la fumée de la poudre semblaient s'allier pour cacher le soleil.

Il était près de midi quand les hussards établirent le contact avec le 8e léger. Les soldats, uniformes bleus et buffleteries blanches croisées sur la poitrine, levèrent leurs shakos à la pointe de leurs fusils pour ovationner la cavalerie qui allait les escorter jusqu'au lieu de combat. Frédéric fut frappé par leur extrême jeunesse, très commune dans l'armée d'Espagne : les jugulaires de cuivre encadraient des visages presque enfantins. Un léger sac sur le dos, la baïonnette au fourreau, ils avaient l'air fatigués. Les deux bataillons composant le régiment conservaient leur ordre de marche, mais les soldats étaient au repos, assis par terre. Ils étaient sans doute épuisés par une marche forcée toute récente, car ils n'avaient pas l'aspect d'une troupe qui s'est déjà battue. Les officiers restaient debout au milieu de chaque bataillon, avec les clairons et les tambours. Le colonel du régiment était à cheval près du drapeau surmonté de l'aigle.

Dembrowsky distribua la compagnie par pelotons sur les flancs du 8e léger. Celui de Frédéric fut placé en tête de colonne, légèrement détaché. Les clairons sonnèrent et les tambours battirent le rappel. Les hommes se levèrent et se mirent en marche.

Frédéric maintint Noirot au pas, les rênes lâches. Les mains posées sur le pommeau de la selle, il observait attentivement le chemin devant lui. De temps à autre, il tournait la tête pour contempler les chasseurs qui marchaient près de lui en traînant les pieds sur la terre trempée et en trébuchant sur les pierres et les arbustes. Eux aussi le regardaient, et dans les yeux des jeunes soldats se lisait ouvertement de la jalousie, voire une rancœur nullement dissimulée. Frédéric tenta de se mettre à la place de ces hommes qui parcouraient l'Europe à pied, dans la boue jusqu'aux chevilles ou sous le soleil impitoyable d'Espagne : une infanterie aux semelles trouées et aux mollets durcis par les marches harassantes et interminables. Pour eux, l'officier de hussards qui n'abîmait pas ses bottes et se déplaçait sur le dos d'un beau cheval, vêtu de l'élégant uniforme d'un prestigieux régiment, constituait à coup sûr un contraste irritant avec leur triste condition de chair à canon informe et anonyme, mal habillée et plus mal nourrie encore, constamment houspillée par les aboiements de sergents hargneux. Et c'étaient eux, les fantassins du 8e léger, qui devaient faire le plus dur, pour qu'ensuite, le gros du travail terminé, les brillants hussards arrivent sur leurs chevaux et distribuent çà et là quelques coups de sabre en poursuivant l'ennemi que d'autres avaient mis en fuite et en se réservant la plus grande part de gloire. Le monde était mal fait, et l'armée française plus mal faite encore.

Telles étaient les réflexions de Frédéric à propos des hommes qu'il escortait vers ce qui pourrait leur apporter la mort, la mutilation, peut-être aussi la victoire – mais le jeune lieutenant était fort conscient que morts et mutilés se moquaient bien de la victoire : à la hauteur où le situaient son cheval, son uniforme et ses galons, Frédéric était convaincu que l'idée que pouvaient se faire de la gloire ces soldats qui allaient à pied, fusil à l'épaule, différait considérablement de la sienne.

La gloire. Le mot lui revenait tout le temps à l'esprit, il affleurait presque à ses lèvres. Frédéric aimait la musique de ces six lettres. Elle avait quelque chose d'épique, elle planait au-dessus de tout le reste.

Frédéric savait que depuis des temps immémoriaux l'homme s'était battu contre ses semblables pour des raisons souvent matérielles et immédiates : la nourriture, les femmes, la haine, l'amour, la richesse, le pouvoir... Ou même simplement parce qu'on le lui commandait, et, fait étrange, la peur des punitions se superposait fréquemment à la peur de la mort qui pouvait le guetter dans la guerre. À maintes reprises, il s'était demandé pourquoi des soldats aux sentiments grossiers, peu enclins aux motivations d'ordre spirituel, ne désertaient pas en plus grand nombre ou ne refusaient pas de faire leur service quand ils étaient appelés. Pour un paysan qui ne voyait pas plus loin que sa petite terre, sa chaumière ou la nourriture indispensable à la survie de sa famille, partir pour des pays lointains défendre des monarques tout aussi lointains devait représenter une entreprise stérile, absurde, dans laquelle il n'avait rien à gagner et beaucoup à perdre, y compris son bien le plus précieux : la vie.

Pour Frédéric Glüntz de Strasbourg, c'était différent. Quand il avait décidé d'embrasser la carrière militaire, il l'avait fait sous l'empire d'une passion pleine d'élévation et de générosité. Il y cherchait la cristallisation d'une aspiration supérieure, d'un idéal qui l'arrachait au confort de la vie bourgeoise et lui montrait le chemin de l'héroïsme, des nobles sentiments, du sacrifice suprême. Il était entré dans l'armée comme on entre en religion, empoignant son sabre comme on empoigne la croix. Et si les prêtres et les pasteurs aspiraient à gagner le Ciel, il aspirait à gagner la gloire : l'admiration de ses camarades, le respect de ses chefs, sa propre estime, avec cette belle conviction désintéressée qu'il était doux et grand de combattre, de souffrir et peut-être de mourir pour une idée. L'Idée. Voilà ce qui, précisément, le différenciait de tous ceux, la majorité, qui vivaient prisonniers du tangible et de l'immédiat.

Il désira que ses parents et Claire Zimmerman puissent le voir en ce moment, droit sur sa selle en tête de son peloton, escortant des hommes qui marchaient vers un combat auquel lui-même participerait bientôt. La longue veillée d'armes était sur le point de s'achever. Il désira que les êtres qu'il aimait puissent être témoins de son courage serein, de sa manière de chevaucher sur le champ de bataille, de son regard impavide rivé sur le chemin à suivre, prêt à l'action au cas où surgiraient des cavaliers ou des fantassins ennemis, responsable de ces jeunes recrues confiées à ses soins et à ceux des hommes qu'il commandait.

Plusieurs coups de feu partirent d'un petit bois de pins proche, et un hussard du peloton tomba de sa selle avec une plainte rauque. Frédéric sursauta et tira brusquement sur les rênes de Noirot qui fit un bond et se cabra en manquant désarçonner son cavalier. Étourdi, il vit que les rangs de chasseurs qui marchaient à sa droite s'agitaient pendant que tout le monde criait en même temps :

– Les francs-tireurs ! Les francs-tireurs !

D'autres détonations retentirent, venant cette fois de la colonne et, alors seulement, Frédéric regarda en direction du bois où s'effilochait la fumée de la décharge ennemie.

Son esprit s'était vidé d'un coup. Autour de lui, les hussards du peloton faisaient caracoler leurs chevaux afin d'offrir le moins de prise possible aux tireurs embusqués, et tous avaient les yeux fixés sur lui, comme s'il lui revenait de résoudre la situation. Tandis qu'il tentait de comprendre ce qu'on attendait de lui, il se tourna, déconcerté, vers Dembrowsky qui marchait loin derrière, et vit que celui-ci lui adressait des signes énergiques en lui indiquant le petit bois.

C'était donc ça. Le sang lui monta au visage ; il le sentit battre avec violence à ses tempes. Il dirigea Noirot vers les pins en l'éperonnant, sans s'attarder à vérifier si les hussards de son peloton le suivaient. Tout en réduisant rapidement la distance qui le séparait des arbres, il fit passer les rênes dans sa main gauche, dégaina son sabre, l'agita au-dessus de sa tête et, de toute la force de ses poumons, lança un cri de guerre. Son cerveau n'était plus qu'un voile rouge qui écartait toute pensée. Instinctivement, il se ramassa sur lui-même, en se penchant sur l'encolure du cheval comme s'il s'attendait à recevoir d'un moment à l'autre le plomb qui le précipiterait à terre, la poitrine déchiquetée. Peut-être serait-ce mieux ainsi. Dans un lointain recoin de son esprit où il conservait encore un soupçon de conscience, la honte de s'être laissé surprendre l'aiguillonnait. Il sentit une immense fureur s'emparer de lui, face à ce qu'il considérait comme un déshonneur, et souhaita de toute son âme rencontrer sur son chemin un être humain dont il pourrait fendre le crâne jusqu'aux dents.

Il était déjà presque entré sous les pins. Noirot fit un saut pour franchir un tronc abattu, et les branches aux aiguilles vertes cinglèrent la face du cavalier. Le cœur battant furieusement, s'étouffant presque de colère, il aperçut des ombres qui couraient entre les arbres. Il planta derechef ses éperons dans les flancs de Noirot et se lança à leur poursuite, en hurlant de nouveau son cri de guerre. Tout de suite, il rattrapa l'un des fuyards; il parvint à distinguer une veste brune, des mains brandissant un mousqueton et un visage épouvanté qui se retourna, les yeux écarquillés par la peur, pour voir la Mort qui se précipitait vers lui, montée sur un cheval écumant, au bout d'un bras levé pour frapper, sur la lame d'un sabre qui déjà s'abattait comme la foudre en un éclair meurtrier.

Frédéric frappa sans cesser de galoper. Il sentit que le sabre rencontrait sur son chemin quelque chose de dur et d'élastique à la fois, et le corps du franc-tireur heurta d'abord sa jambe droite puis la croupe du cheval. Il vit un autre homme courir un peu plus loin, entre les arbres. Pendant qu'il éperonnait Noirot, le fuyard se lança dans une pente la tête la première et disparut de sa vue. Frédéric évita comme il le put les branches qui passaient comme des étoiles filantes tout près de sa tête et força son cheval à dévaler la pente à son tour en freinant des jambes arrière, à la poursuite de l'homme qui s'enfuyait. En arrivant en bas, il regarda autour de lui, mais n'aperçut personne.

Il tira sur les rênes tout en tentant de comprendre par où avait filé le franc-tireur, et, à cet instant, un homme sortit des buissons et déchargea son pistolet sur lui presque à bout portant. Frédéric, qui, instinctivement, avait cabré son cheval en apercevant l'arme, sentit passer la balle à quelques pouces à peine de son visage, tandis que la fumée de la poudre l'enveloppait brièvement. En aveugle, il leva son sabre et lança Noirot sur son assaillant qui fit un bond en arrière et se mit à courir. Il n'avait pas franchi quatre mètres, quand un hussard surgit d'entre les pins, passa près du franc-tireur et, d'un seul coup, lui trancha proprement la tête. Le corps mutilé d'où le sang jaillissait à gros bouillons fit encore quelques pas avant de rencontrer un tronc d'arbre, les mains tendues, comme s'il tentait de se protéger du choc. Ensuite, dans une scène irréelle qui se teignit de rouge, Frédéric vit le corps décapité tomber à la renverse sur la terre tapissée d'aiguilles de pin sèches.

Le hussard, un jeune homme aux nattes noires et à la longue moustache, essuyait la lame du sabre sur la croupe de son cheval. Frédéric chercha du regard la tête du franc-tireur mais ne la trouva pas. Elle avait roulé dans les buissons.

*

Frédéric se sentait épuisé, comme si un escadron de cuirassiers lui avait galopé dessus. Les hussards s'appelaient sous les arbres, et ils se rassemblèrent en commentant avec animation les péripéties de l'escarmouche. Quatre ennemis avaient été rattrapés et tués ; les hussards ne faisaient pas de quartier, et encore moins quand il s'agissait de francs-tireurs. Les Espagnols le savaient, et ils n'avaient même pas tenté de se rendre : ils avaient été sabrés en fuyant ou en se défendant. Un Français, le hussard aux longs favoris qui, quelques heures plus tôt, avait accompagné Frédéric dans sa reconnaissance du village, chevauchait lentement entre deux camarades qui le soutenaient sur sa selle. Il se cramponnait à la crinière de son cheval, plié en deux par la douleur, le visage crispé et mortellement pâle. Il avait reçu un coup de navaja dans le ventre.

En sortant du bois de pins, Frédéric n'avait pas encore entièrement repris ses esprits, et quand un hussard le félicita pour le coup avec lequel il avait abattu le premier Espagnol – « Un coup de sabre superbe, mon lieutenant… Vous l'avez presque coupé en deux » –, il regarda son interlocuteur sans comprendre de quoi il parlait. Il ne pensait qu'à ce qu'il allait dire à Dembrowsky quand celui-ci, avec son regard froid comme de la glace, lui demanderait comment il s'était laissé surprendre aussi stupidement en manquant à sa mission qui était de veiller sur la sécurité de la colonne. Même si les assaillants avaient été poursuivis et tués, cela n'effaçait pas le fait d'être tombé dans une embuscade.

Ensuite, quand ils se furent réunis au reste de la colonne et qu'il vit la manière dont les soldats de l'infanterie l'entouraient en poussant des vivats, il se rendit compte qu'il tenait encore à la main le sabre nu et que celui-ci, sa botte droite et la croupe de Noirot étaient tachés du sang du franc-tireur. Il se dirigea vers Dembrowsky pour lui faire son rapport, et ce dernier, au lieu de reproches, lui adressa un rapide sourire. Frédéric en resta stupéfait : Dembrowsky lui avait souri ! Jusqu'à cet instant, il n'avait pas pris conscience qu'il avait tué son premier ennemi au cours de son premier combat. Et, soudain, il rougit de fierté.

*

Ils n'étaient pas si terribles, après tout. Il suffisait d'un coup de sabre bien affilé pour que les rosaires et les scapulaires, les mille et un saints qui remplissaient les églises de ce pays, le fanatisme aveugle et la haine des étrangers hérétiques soient réduits à une flaque de sang. Les formidables guérilleros, ceux qui avaient étripé Juniac, ceux qui faisaient qu'en Espagne aucun Français n'osait se risquer seul en terrain inconnu, se transformaient soudain en la vision fugace d'un visage défiguré par la terreur, d'une tête qui sautait loin du tronc, de la sueur et de la peur, de la respiration entrecoupée dans l'ultime course inutile, la Mort sur les talons.

Pourquoi s'obstinaient-ils à se battre ? Le combat des Espagnols était sans espoir, absurde. Frédéric ne pouvait concevoir qu'ils aient pris les armes pour défendre un prince dont ils ne savaient rien, dont ils ignoraient jusqu'au visage, un couard sans courage ni volonté, hôte forcé de l'Empereur, qui avait poussé l'abjection jusqu'à renoncer à ses droits héréditaires, et que sa servilité envers le maître de l'Europe rendait indigne de toute loyauté de la part d'un peuple qui n'était plus désormais le sien. Car c'était un roi français qui régnait en Espagne, Joseph, auparavant roi de Naples, un Bonaparte à qui le prince Ferdinand, de son exil de Valençay, avait écrit une lettre pour le féliciter et lui prêter serment d'allégeance. Tout le monde était au courant, y compris les Espagnols. Mais ils s'obstinaient à jouer les ignorants.

Frédéric se souvenait d'une conversation qu'il avait eue quelques semaines plus tôt, lors de son passage à Aranjuez, quand, en sa qualité d'officier allant rejoindre le régiment, il avait reçu un billet de logement pour la résidence d'un noble espagnol, don Álvaro de Vigal. En compagnie du pauvre Juniac, il avait passé une après-midi et une nuit dans le palais vétuste dont le jardin donnait sur le Tage. M. de Vigal était un vieil homme appartenant à cette catégorie qu'on nommait en Espagne des *afrancesados*, marqués par la culture et les mœurs françaises, mal vus d'une grande partie de leurs compatriotes parce qu'ils exprimaient leurs idées libérales à voix haute et ne cachaient pas leur admiration pour les nouveaux courants de pensée que les philosophes français avaient répandus en Europe. Le vieux noble espagnol, qui avait beaucoup voyagé en France dans sa jeunesse – il évoquait avec orgueil la correspondance qu'il avait entretenue quelque temps avec Diderot –, possédait une culture extraordinaire, sa conversation était affable et spirituelle, et avec ses cheveux gris, ses yeux fatigués par une trop longue vie, il était un profond connaisseur de la condition humaine. Sans enfants, veuf, il n'aspirait qu'à vivre ses dernières années en paix parmi le millier de livres de sa bibliothèque et les fontaines de pierre qui, sous les arbres, répandaient leur fraîcheur dans son jardin qu'il ne dédaignait pas de cultiver lui-même.

Don Álvaro de Vigal avait accueilli les deux hussards

avec intérêt, sans doute parce que la présence sous son toit de deux jeunes officiers arrivant d'un pays étranger qu'il aimait venait rompre la monotonie de sa solitude. La conversation s'était déroulée en français, langue que leur hôte parlait couramment. Ils avaient soupé à la lumière de chandeliers d'argent, puis s'étaient dirigés vers le petit fumoir où un valet décrépit, seul domestique de la maison, leur avait servi cognac et cigares.

Juniac, toujours mélancolique – Frédéric avait pensé depuis qu'il pressentait peut-être sa tragique mort prochaine –, avait gardé le silence pendant toute la soirée. Le poids de la conversation était retombé sur Frédéric et l'Espagnol, particulièrement sur ce dernier qui semblait éprouver un singulier plaisir à évoquer ses souvenirs. Il connaissait Strasbourg et avait échangé avec le jeune Alsacien d'innombrables réminiscences communes.

Les militaires étant les invités et la scène se passant en Espagne, il était inévitable que la conversation dérive vers la guerre. Don Álvaro avait approuvé les intentions de Napoléon de diriger personnellement la campagne et exprimé son admiration pour le génie militaire et politique de l'Empereur. Bien qu'appartenant lui-même à la vieille noblesse, il n'avait manifesté aucune réticence à admettre que les maisons royales européennes, y compris celle d'Espagne, étaient dans un tel état de décadence que seule l'influence des idées nouvelles dont la France était le champion pouvait revitaliser le tronc pourri des nations. Il regrettait néanmoins que Napoléon n'ait pas encore compris que l'Espagne ne pouvait être mesurée à l'aune du reste des autres pays européens.

À cet instant, Frédéric avait interrompu le vieil homme pour lui manifester son désaccord. Il avait parlé d'une nouvelle Europe sans frontières, de l'expansion d'une culture commune orientée vers le progrès, de nouvelles idées, de l'Homme auquel il fallait restituer sa dignité. L'Espagne, avait-il ajouté, était un pays prisonnier de son passé, refermé sur lui-même, en proie à l'obscurantisme et aux superstitions. Seules les idées neuves, l'intégration dans un système politique moderne et européen pouvaient le tirer de la geôle où l'avaient jetée l'Inquisition, les prêtres et les monarques incompétents.

Don Álvaro avait écouté attentivement le long exposé enthousiaste du jeune Frédéric, un soupçon de sourire aux lèvres et une pointe de sage ironie dans ses yeux fatigués. Quand le hussard eut terminé son éloquent discours – que, toujours taciturne, Juniac avait ponctué de hochements de tête approbateurs – et se fut rejeté en arrière sur son sofa, les joues rougies par la chaleur de son argumentation, le vieil homme s'était penché vers lui et lui avait tapoté affectueusement le genou.

« Voyez-vous, mon cher garçon, avait-il dit sur un ton plein de douceur, son français parfait ne butant que sur quelques *r*, je ne mets pas en doute que la seule personnalité vigoureuse qui puisse changer l'Europe ait pour nom Napoléon Bonaparte, même si, ces derniers temps, je me sens enclin à exprimer quelques réserves. Je l'ai applaudi de tout mon cœur quand il était Premier consul, mais l'hermine impériale dont il a fini par se revêtir me cause quelque inquiétude… Enfin, là n'est pas la question. J'en reste à l'indéniable génie politique dont il a fait preuve et que j'admire, et c'est sur ce terrain que je déplore le peu d'habileté avec laquelle il a conduit jusqu'à maintenant les affaires d'Espagne...

– Le peu d'habileté ?

– Laissez-moi terminer, jeune impulsif. J'ai parlé de manque d'habileté, oui, et je l'attribue à la méconnaissance, au demeurant compréhensible, de la réalité de ce pays. L'Espagne est une nation très ancienne, orgueilleuse et fidèle à ses mythes, que ceux-ci soient justifiés ou pas. Bonaparte est tellement habitué à voir les peuples s'agenouiller qu'il ne peut concevoir, ce qui est une grave erreur d'appréciation, qu'il y a de ce côté des Pyrénées une race décidée à ne pas accepter sa volonté. Non que les idées qui l'inspirent soient mauvaises, attention, mais simplement parce qu'il essaye de les appliquer sans tenir compte le moins du monde de l'opinion de ceux qui sont destinés à les recevoir...

» L'Espagne est un ensemble homogène, messieurs. Nous avons ici, réunis depuis des siècles, des royaumes qui furent indépendants, qui conservent jalousement leurs privilèges et leurs antiques droits, peuplés d'hommes que l'Histoire et la terre sur laquelle ils vivent ont endurcis, des gens à la tête dure, rudes et belliqueux, que des centaines d'années de guerres intérieures et huit cents ans de combat contre l'Islam ont fait ce qu'ils sont aujourd'hui. Des gens chez qui, de plus, une religion sévère et intransigeante a imprimé depuis des temps immémoriaux la marque d'un fanatisme sauvage.»

Arrivé là, don Álvaro de Vigal s'était arrêté, comme si le souffle lui manquait. Un sourire triste s'était dessiné sur ses lèvres flétries, tandis que d'une main sillonnée de veines bleues, dans un geste plus empreint de pessimisme indulgent que de reproche, il montrait les murs du salon, ornés de souvenirs liés à l'histoire de sa famille.

« Tout est là, avait-il dit sur un ton de fatigue résignée, comme s'il s'agissait de quelque chose contre quoi il avait tenté de lutter toute sa vie et qu'il n'avait jamais pu vaincre. Des vieilles armes couvertes de rouille, des figures austères dont les propriétaires ne sont plus que poussière depuis des siècles… Vous voyez ces portraits ? Vous n'y trouverez pas beaucoup de couleur ; la patine du temps n'a fait qu'obscurcir encore un peu plus ce qui, à l'origine, était déjà sombre… De l'ombre et guère de lumière, juste ce qu'il faut, peut-être, pour éclairer ces traits durs et fiers, ces ports altiers et, parfois, le faible éclat de la poignée d'une épée, le soupçon de couleur d'un joyau, d'une chaîne en or, souvent d'une fine croix, la tache pâle d'un gorgerin… Il n'y a pas de sourires sur ces visages sévères, mes jeunes amis. Même les habits, noirs comme les ténèbres qui les entourent, se fondent dans celles-ci, parce que ce sont des accessoires, ils n'apportent rien de spécifique au caractère de ces hommes qui ont posé pour que le peintre fasse jaillir de sa palette, bien plus que leur aspect extérieur, l'aspect de leur âme. Tous ont été des hommes insignes : scrupuleux et catholiques pour la plupart, dissolus pour quelques-uns. Eux qui ne baissaient pas la tête devant leurs rois s'humiliaient pourtant devant une hostie consacrée, devant la barbe mal rasée et les mains grossières de n'importe quel curé du peuple. Certains sont morts en combattant pour Dieu et pour leurs monarques dans les guerres européennes, dans les Indes ou dans le nord de l'Afrique, en guerroyant contre les protestants, les anglicans, les barbaresques... Ils ont été de vaillants soldats, de dignes nobles et de loyaux vassaux. Et tous, excepté ceux qui sont morts en des lieux tragiques et lointains, ont eu un prêtre à leur chevet au moment de rendre l'âme. Comme mon grand-père. Comme mon père... Par une ironie du Destin, moi, l'ultime descendant d'un tronc désormais stérile, je n'aurai à mon côté qu'un vieux et fidèle serviteur. Et encore, si le brave Lucas ne décide pas de me jouer le mauvais tour de mourir avant moi.»

Le vieil homme avait observé une nouvelle pause en contemplant les portraits avec mélancolie. Puis il s'était tourné vers les hussards avec un faible sourire.

«Si, quelque jour, l'Empereur me faisait comme vous l'honneur de loger dans ma demeure, j'aurais grand plaisir à lui montrer cette galerie de mes ancêtres. Peut-être alors comprendrait-il quelques petites choses de cette terre.»

Juniac laissait errer un regard distrait dans la pièce. Mais Frédéric, intéressé, s'était penché vers le vieux noble.

«Je trouve étrange d'entendre cela ici, avait-il fait courtoisement remarquer. Vous êtes espagnol, don Álvaro, et pourtant vous professez la religion des Idées. Tout à l'heure, vous avez eu l'amabilité de nous faire visiter votre bibliothèque... Qu'est-ce qui empêche des hommes tels que vous d'être les guides de leurs compatriotes? C'est un fait historique prouvé que les minorités cultivées, l'élite, possèdent la force suffisante pour entraîner des peuples entiers, pour ouvrir les fenêtres et rendre possible que la lumière du soleil, la lumière de la Raison, chasse les fantômes qui assiègent l'être humain, en faisant comprendre à celui-ci qu'il n'y a pas de frontières, que les hommes doivent progresser de manière collective, solidaire.»

Le vieil aristocrate l'avait regardé avec tristesse.

«Écoutez, mon jeune ami. Un jour, alors que l'Espagne dominait le monde, il y eut un empereur qui nourrissait le même rêve que Bonaparte: une Europe unie. Né à l'étranger, dans les Flandres, il réussit à être à ce point espagnol qu'il décida de passer les dernières années de sa vie, après avoir abdiqué, dans un monastère de ce pays, un lieu nommé Yuste. Cet homme, qui fut peut-être le plus grand et le plus puissant de son époque, a dû lutter autant à l'extérieur contre la rivalité de la France et les germes d'indépendance en Europe qui s'appuyaient sur le luthéranisme, qu'à l'intérieur contre les privilèges et l'orgueil nationaliste des Espagnols eux-mêmes. Il a échoué dans ses tentatives, et son fils Philippe, un homme vêtu de deuil, gris et fanatique, a mis des œillères à l'Espagne en l'isolant du rêve paternel. Les prêtres, l'Inquisition, vous savez... Les Pyrénées sont redevenues un obstacle mental, en plus d'être géographique.

» Ces derniers temps, grâce à la moderne diffusion des Idées, l'Espagne était en voie de sortir du puits où elle était plongée. Nous qui défendons la nécessité du Progrès, nous avons vu dans la révolution qui a détrôné les Bourbons en France un signe que les temps, enfin, commençaient à changer. Le poids croissant de Bonaparte en Europe et l'influence que, de ce fait, la France a réussi à exercer sur ses voisins constituaient un espoir... Pourtant, et c'est ici que surgit le problème, la méconnaissance de cette terre et le manque d'habileté avec lequel les proconsuls ont agi ont jeté par-dessus bord des débuts prometteurs... Les Espagnols ne sont pas, nous ne sommes pas, des gens qui se laissent sauver par la force. Nous aimons nous sauver nous-mêmes, peu à peu, sans que cela signifie renoncer aux vieux principes auxquels, pour le meilleur ou pour le pire, on nous a fait croire durant des siècles. Sinon, nous préférons nous damner pour l'éternité. Jamais une seule idée ne sera imposée ici par la force des baïonnettes.»

L'allusion aux baïonnettes avait tiré Juniac de sa rêverie. Il avait toussoté avant de prendre la parole, de l'air satisfait de quelqu'un qui découvre enfin un aspect de la conversation qui lui est familier.

«Mais aujourd'hui il y a un nouveau roi, avait-il dit avec une absolue conviction. Joseph Bonaparte a été reconnu par la cour de Madrid. Et si l'armée espagnole préfère la trahison, nous sommes ici pour le maintenir sur le trône.»

En regardant Juniac, Don Álvaro avait remarqué son expression bornée de militaire. Puis il avait hoché lentement la tête en signe de dénégation.

«Ne vous leurrez pas. Il a été reconnu par des courtisans sans scrupules ou par des naïfs qui voient encore en l'alliance avec la France le moyen de régénérer la nation. Mais tous ces gens sont trop éloignés du peuple; ils sont incapables de voir ce qui se passe sous leur nez. Regardez plutôt autour de vous. L'Espagne entière est un brasier, et dans chaque ville les juntes appellent à la rébellion. Vous, les militaires français, vous avez fermé toute issue. Il ne reste plus que la guerre de guérilla et, croyez-moi, ce sera une guerre terrible.

– Une guerre que nous gagnerons, monsieur, avait tranché Juniac avec un dédain que Frédéric avait jugé impoli. N'en ayez pas le moindre doute.»

Don Álvaro avait souri doucement.

«Je ne crois pas. Je crois que vous ne la gagnerez pas, messieurs, et celui qui vous dit cela est un vieil homme qui admire la France, qui n'est plus en âge de soutenir ses propos sur un champ de bataille et qui, malgré cela, sommé de choisir, dégainerait son épée trop longtemps restée au fourreau pour combattre aux côtés de ces paysans incultes et fanatiques ; pour se battre, même, contre les idées que, tout au long de sa vie, il a ardemment défendues.

» Est-ce si difficile à comprendre ? Oh oui, je crains fort que ce soit difficile, et j'en vois pour preuve que même Bonaparte, tout génial qu'il soit, en a été incapable. Le 2 mai, à Madrid, vous avez creusé un fossé entre nos deux nations ; un fossé de sang dans lequel se sont engloutis les espoirs de bien des hommes comme moi. On raconte que, quand Bonaparte a reçu le rapport de Murat sur cette effroyable journée, il s'est exclamé : "Bah ! Ils se calmeront..." Et c'est là qu'est l'erreur, mes jeunes amis. Non, ils ne se calmeront jamais. Vous, les Français, vous avez rédigé pour l'Espagne une Constitution excellente, qui aurait pu être, il y a peu encore, la matérialisation parfaite des aspirations de beaucoup qui pensent comme moi. Mais vous avez aussi mis Cordoue à sac, vous avez violé des femmes espagnoles, vous avez fusillé des prêtres... Par vos actes et par votre présence, vous blessez ce qu'il y a de plus vivace dans ce peuple stupide, obstiné et, en même temps, admirable. Il ne reste plus maintenant que la guerre, et cette guerre se fait au nom d'un imbécile à demi taré qui a nom Ferdinand, mais qui, qu'on le veuille ou non, est devenu le symbole de la résistance. C'est une tragédie.

– Mais vous êtes un homme intelligent, don Álvaro, avait insisté Frédéric. Il y en a d'autres comme vous en Espagne ; beaucoup d'autres. Vous est-il donc si difficile de faire voir la réalité à vos compatriotes ? »

M. de Vigal avait agité sa tête blanche.

« Pour mon peuple, la réalité, c'est le présent. La misère, la faim, les injustices, la religion laissent peu de place aux idées. Et le présent, c'est qu'une armée étrangère foule la terre où se trouvent les églises, les tombes des ancêtres et aussi les sépultures d'innombrables ennemis. Quiconque tentera d'expliquer aux Espagnols qu'il existe autre chose que cela passera pour un traître.

– Mais vous, don Álvaro, vous êtes un patriote. Personne ne peut le nier. »

L'Espagnol avait regardé fixement Frédéric, puis une expression d'amertume s'était dessinée sur ses lèvres.

« Eh bien si ! Ils le nient. Je suis un *afrancesado*, comprenez-vous ? C'est la pire insulte que l'on puisse lancer aujourd'hui dans ce pays. Et peut-être un jour viendront-ils ici, pour me traîner hors de cette maison comme ils l'ont fait avec certains de mes vieux et bons amis. »

Frédéric était sincèrement scandalisé.

« Ils n'oseront jamais, avait-il protesté.

– Ignorance crasse, mon ami. La haine est un moteur puissant ; il peut y avoir bien des choses confuses dans ce pays, mais il en est deux qui sont claires comme la lumière du jour : les Espagnols savent mourir, et ils savent haïr comme personne. Soyez assuré que, tôt ou tard, mes compatriotes viendront me chercher. Le plus curieux est que, lorsque j'analyse la question, je ne suis pas capable de leur en vouloir.

– Mais c'est terrible ! » s'était indigné Frédéric.

Don Álvaro l'avait observé avec une réelle surprise.

« Terrible ? Pourquoi serait-ce terrible ? Vous vous trompez, jeune homme. Non, non, pas du tout. C'est simplement l'Espagne. Pour le comprendre, il faudrait être né ici. »

*

Le 8e léger se trouvait maintenant à moins d'une demilieue du village qui constituait son objectif. Frédéric chevauchait au pas en serre-file de la colonne bleue, attentif au moindre indice de présence ennemie. Il s'était rasséréné depuis l'escarmouche du petit bois. Il regardait de temps en temps sa botte droite, tachée du sang séché du franc-tireur qu'il avait tué. Il n'y avait rien, dans cette croûte brune, qui puisse être relié aux propos de don Álvaro de Vigal ; la sensation qu'il éprouvait était plus voisine de celle qu'on devait ressentir après avoir abattu un animal dangereux.

Les recrues avançaient à travers champs, accablées par la marche forcée. Le village, de plus en plus proche, était misérable et gris, avec quelques maisons blanches. Plusieurs coups de feu partirent d'un amas de rochers, et les balles passèrent en bourdonnant, tout près d'eux, pour aller s'enfoncer dans la terre humide. Michel de Bourmont dépassa Frédéric en galopant à la tête de son peloton pour le déployer en éclaireurs devant la colonne. Le jeune homme vit s'éloigner son ami tandis que l'infanterie pressait l'allure. Les officiers du 8e, sabre au clair, houspillaient leurs hommes pour leur faire prendre le pas de gymnastique, le fusil prêt et les visages rougis par l'effort.

Un dernier rayon de soleil éclaira l'horizon avant de disparaître derrière la couche de nuages de plus en plus épaisse. De nouveaux coups de feu parvinrent des rochers et du village. Sur la gauche, un peu en arrière et à la lisière du bois, on distinguait quelques cavaliers du 4e escadron qui prenaient position pour se lancer à la poursuite de l'ennemi dès qu'il aurait été délogé.

L'un des deux bataillons du 8e fit halte, les hommes se reposèrent en s'appuyant sur leurs armes, pendant que l'autre continuait sa marche. Le feu des Espagnols se fit plus intense et, dans les rangs, plusieurs soldats tombèrent. Bourmont et ses hussards se replièrent sur le flanc gauche, pendant que les tireurs à pied se déployaient à leur tour en avant-garde, poursuivant le feu de harcèlement contre les positions ennemies.

Frédéric regardait manœuvrer les compagnies du bataillon sans perdre de vue les rochers et le village. Les recrues prenaient leurs postes en courant tandis que les officiers criaient constamment des ordres, sans cesser d'aller et venir au sein de leurs troupes. L'ennemi était presque à portée de main ; les soldats s'arrêtèrent, se découpant sur l'horizon, debout dans les champs où nul n'avait rien semé depuis des mois, la crosse du fusil posée sur le sol. Frédéric tira sur les rênes de Noirot et fit volte-face pour se replier avec son peloton. Il passa à dix ou douze mètres d'une compagnie de chasseurs dont le capitaine, qui retournait la terre de la pointe de son sabre, répondit distraitement au salut des hussards qui lui souhaitaient bonne chance. Les soldats regardaient devant eux d'un air absorbé et grave, leur baïonnette luisante frôlant la visière du shako. Un clairon sonna et le tambour battit. L'officier au sabre parut s'éveiller d'un rêve, se tourna vers ses hommes et lança un ordre. Les soldats se passèrent la langue sur les lèvres, respirèrent profondément, soulevèrent leurs fusils et se mirent en marche.

Frédéric s'arrêta un moment et, debout sur ses étriers, jeta un regard par-dessus la croupe de Noirot. Le bataillon avançait, imperturbable, vers le village d'où jaillit une décharge nourrie. Les files bleues s'agitèrent quelques instants, se serrèrent de nouveau et poursuivirent au pas en réduisant la distance ; puis elles firent halte et tirèrent à leur tour. Une fumée de poudre commença de se former entre elles et leur objectif. Quand le tambour changea de rythme et que les soldats se remirent en marche, le terrain derrière eux resta semé d'uniformes bleus étendus à terre. Ensuite, la fumée masqua la scène, le fracas de la fusillade s'étendit partout et, du sein de la nuée noire, parvinrent les cris des hommes qui se lançaient à l'assaut.

5. La bataille

L'escadron se rassembla de nouveau dans un vallon qui courait entre des collines ponctuées d'oliviers, dominé par la hauteur où se tenait l'état-major du régiment. À l'horizon, sous les lourds nuages accumulés, le canon continuait de tonner et l'on entendait nettement, tout proche, la mousqueterie provenant du village attaqué.

Hommes et chevaux se reposèrent à discrétion. Frédéric ôta son colback et l'accrocha par la jugulaire au pommeau de la selle. Il vérifia les fers de Noirot, puis but à longs traits à sa gourde. Il était détendu, en excellente forme physique. Il conduisit son cheval vers un gros rocher plat et s'assit dessus en étirant les jambes. Tout près de là, un groupe de hussards discutait de la bataille. Il écouta un moment leurs commentaires qui consistaient en les habituelles spéculations sur les plans du commandement et sur le tour favorable ou défavorable que, à leur point de vue limité, prenaient les événements. Comme cela ne l'intéressait pas, il cessa de leur prêter attention, s'allongea sur le rocher et ferma les yeux.

L'image de Claire Zimmerman passa fugacement devant

lui, au milieu des souvenirs de la journée qu'il était en train de vivre et, non sans efforts, il parvint à la retenir. Les notes de musique retentirent, lointaines, à ses oreilles. Devant lui se penchait un délicat visage de jeune fille et deux grands yeux bleus le contemplaient avec une timide admiration. Il y avait un grand chandelier qui teintait d'or deux boucles déjà naturellement dorées sur les tempes de son aimée. Frédéric regardait avec délices le cou mince et blanc, la peau lisse dont l'émouvante pureté était interrompue par un ruban de velours azur autour de la gorge avant de descendre, fraîche et attirante, à en perdre la raison, vers l'échancrure de la robe bleue.

L'éventail, déployé avec grâce, avait caché la rougeur de la jeune fille quand leurs regards s'étaient rencontrés pour la première fois ; mais les yeux bleus avaient soutenu un duel innocent quelques secondes de plus que ne le toléraient les usages de la société. C'était suffisant pour éveiller chez le jeune hussard un sentiment d'intense tendresse. Quelques instants plus tard, il s'était retourné pour la contempler, tandis qu'il entretenait une conversation banale avec quelques invités, et lorsqu'il avait constaté que le regard de la jeune fille venait de nouveau à sa rencontre, pour s'écarter aussitôt avec une promptitude excessive, il n'avait plus été capable de suivre le fil de la discussion et s'était borné à acquiescer d'un air distrait quand quelqu'un marquait une pause dans l'attente de son approbation. Peu après, Frédéric avait profité de la présence d'un grand miroir qui reflétait les lumières du salon derrière lui pour ajuster discrètement son dolman et vérifier que l'élégante pelisse écarlate aux cordons dorés tombait de son épaule gauche avec toute la grâce martiale voulue. Alors il était allé à la rencontre de la maîtresse de maison, Mme Zimmerman, et, avec la plus grande circonspection, avait sollicité l'honneur d'être présenté à sa fille.

La distance qu'il avait dû franchir pour rejoindre la fenêtre près de laquelle Claire Zimmerman se tenait en compagnie de ses deux cousines avait paru immense au jeune sous-lieutenant. La jeune fille l'avait vu s'approcher en compagnie de sa mère et, tout de suite, elle avait détourné les yeux vers le jardin, comme si quelque chose, au-dehors, attirait son attention. Deux jeunes Strasbourgeois amis de la famille qui faisaient la cour aux trois jeunes filles s'étaient écartés d'un air maussade, en lançant un regard en dessous au brillant uniforme qui donnait à ce trop beau rival un avantage écrasant.

« Claire, Anne, Magda... J'ai le plaisir de vous présenter le sous-lieutenant Frédéric Glüntz, fils de M. Walter Glüntz, grand ami de M. Zimmerman. Frédéric, voici ma fille Claire et mes nièces Anne et Magda... »

Frédéric s'était incliné dévotement en faisant claquer les talons de ses bottes luisantes. Il avait regardé Anne et Magda à peine un instant de plus que la politesse ne l'exigeait au cours d'une présentation. Les yeux bleus se miraient de nouveau dans les siens, et il les trouvait si doux, si beaux et si proches qu'il avait senti monter en lui une étrange ivresse.

Après une conversation de circonstance, Mme Zimmerman avait été réclamée par ses devoirs d'hôtesse. Les deux jeunes pékins restaient à distance, et les cousines – Frédéric n'avait retenu d'elles qu'un rire stupide et des peaux martyrisées par l'acné – l'avaient assiégé de questions de toutes sortes sur l'armée, la cavalerie, Napoléon et la guerre. Lorsqu'il avait confirmé qu'il s'apprêtait à rejoindre les troupes opérant en Espagne, les cousines émues avaient battu des mains. Mais, pendant ce temps, le jeune hussard, tout son être concentré, n'avait d'yeux que pour le sourire affligé et inquiet qui avait tremblé sur les lèvres de Claire Zimmerman.

« L'Espagne est trop loin », avait-elle dit, et Frédéric l'avait tout de suite aimée pour ces mots.

« Est-ce qu'un officier de cavalerie a peur de la mort ? l'avait interrogé la cousine Magda avec une curiosité morbide.

– Non, avait répondu Frédéric sans cesser de regarder Claire. Mais il est certains moments dont le souvenir peut rendre extrêmement douloureux le fait de mourir avec la certitude qu'on ne les revivra plus. »

Cette fois, l'éventail était de nouveau intervenu pour voiler la rougeur de la jeune fille, mais sans pouvoir dissimuler l'humidité qui envahissait ses yeux bleus.

« Aurons-nous la chance de vous revoir parmi nous quand vous serez de retour d'Espagne ? » avait-elle demandé en retrouvant sa sérénité.

La cousine Anne avait approuvé cette idée avec enthousiasme.

« Il faut nous promettre de revenir nous voir, lieutenant Glüntz. Nous sommes sûres que vous aurez beaucoup de choses intéressantes à nous raconter, n'est-il pas vrai ? Dites que vous le promettez. »

Les mains de Claire, où de fines veines transparaissaient

sous la peau lisse et blanche, jouaient nerveusement avec l'éventail. Frédéric s'était incliné légèrement.

«Je reviendrai vous voir, avait-il promis dans un élan d'enthousiasme spontané, dussé-je d'abord m'ouvrir un passage à coups de sabre pour sortir de la porte même de l'enfer.»

Les deux cousines avaient gloussé, scandalisées par la ferveur et l'impétuosité du jeune hussard. Mais quand Frédéric, qui n'avait pas cessé de regarder les yeux bleus, avait vu ceux-ci s'humecter de nouveau, il avait su que Claire Zimmerman n'entretenait aucun doute sur la raison de sa promesse.

*

L'arrivée de Michel de Bourmont dissipa ces réminiscences. Frédéric battit des paupières et se retrouva sous le ciel gris, dans le roulement de la fusillade et le grondement du canon. C'était cela, l'Espagne, et le jour du retour à Strasbourg était encore bien loin.

– Tu dormais? questionna Bourmont en s'asseyant près de lui sur la pierre plate.

Son pantalon et ses bottes étaient souillés de boue.

Frédéric fit signe que non.

– J'essayais de me souvenir, dit-il avec un geste qui voulait ôter de l'importance à ces images du passé. Mais c'est difficile, aujourd'hui, de se concentrer sur autre chose que le présent. Les images vont et viennent, on a du mal à les retenir. Ce doit être l'excitation logique d'une bataille.

– Des souvenirs agréables?

– Très agréables.

Bourmont montra les collines, d'où venait la rumeur du combat.

– Plus que ça ?

Frédéric éclata de rire.

– Rien n'est meilleur que ça, Michel.

– Je pense comme toi. Et je t'apporte de bonnes nouvelles, frère. Si les événements suivent leur cours, nous allons entrer en action très bientôt.

– Tu as eu vent de quelque chose ?

Bourmont caressa les pointes de sa moustache.

– On dit que le 8e léger a enfin pris le village, à la baïonnette, après avoir été repoussé trois fois. Nous sommes maintenant dedans et l'ennemi est dehors, mais le 8e va avoir du fil à retordre pour maintenir son front. Les Espagnols sont concentrés de l'autre côté et amènent des pièces d'artillerie. Dembrowsky a dit tout à l'heure que nous devrons très probablement intervenir d'ici peu pour affaiblir leurs formations. Il semble que le général Darsand soit pressé d'assainir la situation sur notre flanc.

– Nous allons charger ?

– À ce qu'il paraît ; nous sommes les plus proches. Dembrowsky expliquait justement que l'escadron est en bonne position pour faire mouvement.

Frédéric se redressa pour jeter un coup d'œil sur Noirot et, à ce moment, son regard rencontra de nouveau la croûte de sang brune qui tachait sa botte droite. Le sang d'un autre homme. Non sans répugnance, il tenta de la gratter avec les ongles.

– Un trophée macabre, commenta Bourmont en observant

le geste de son ami. Mais aussi un trophée du courage ; tu t'es bien comporté dans l'escarmouche. Quand je t'ai vu piquer des éperons et te lancer au galop, sabre au clair, aveugle comme un taureau, je me suis dit que c'était la dernière fois que je te voyais en vie ; mais je me suis senti heureux d'être ton camarade... Comment cela s'est-il passé ? Nous n'avons pas encore eu le temps d'en parler.

Frédéric haussa les épaules.

– Il ne s'est rien passé dont je puisse être particulièrement fier, répondit-il avec honnêteté. À dire vrai, je ne m'en souviens pas très bien. Il y a eu des coups de feu, un de mes hussards a vidé les étriers, je suis resté quelques instants sans savoir que faire, et, tout d'un coup, je suis devenu enragé. J'ai haï comme jamais de ma vie. À partir de là, je me rappelle seulement la galopade, les branches de pin qui me fouettaient, le misérable qui courait comme un dératé en se retournant pour me jeter des regards terrifiés... À travers le voile rouge qui m'empêchait de raisonner, je me rappelle aussi que j'ai asséné un coup de sabre, que quelqu'un a voulu me tirer dessus... Il y avait également un corps sans tête qui a continué de courir avant de heurter un arbre.

Bourmont écoutait avec attention, en acquiesçant de temps en temps.

– Oui, c'est ainsi que cela doit se passer, dit-il enfin. Une charge doit ressembler à ça, avec cette différence que la colère est collective. C'est du moins ce que racontent les vétérans.

– Nous allons bientôt le savoir.

– Oui. Nous allons le savoir.

Frédéric posa la main sur le pommeau de son sabre.

– Veux-tu que je te dise, Michel ? J'ai découvert que la guerre, c'est un peu d'action et beaucoup, beaucoup trop d'attente. On te fait lever avant le jour, on te promène en long et en large, on te conduit sur un champ de bataille sans que tu puisses comprendre qui est en train de gagner ou de perdre... Il y a des escarmouches, tu t'ennuies, tu es fatigué. Mais personne ne peut te garantir que, quand tout aura été terminé, ta contribution au résultat final aura eu quelque valeur. Il y a même des tas de soldats qui assistent à une bataille sans tirer un seul coup de feu, sans donner un seul coup de sabre. Ne trouves-tu pas cela injuste ?

– Je ne crois pas que ce soit injuste. Il y a des soldats, il y a des chefs. Les chefs ont d'autres chefs. Et seuls ces derniers savent.

– Crois-tu qu'ils *savent* réellement, Michel ? Nous connaissons des cas où un général, un colonel incompétents ont commis des erreurs et mené au désastre les unités qu'ils commandaient... Des unités qui, soit dit en passant, étaient parfois excellentes. N'est-ce pas aussi injuste ?

Bourmont observa son ami avec curiosité.

– C'est possible. Mais la guerre est comme ça.

– Je le sais. Pourtant, ces unités sont composées d'hommes comme toi et moi, d'êtres humains. La responsabilité de celui qui a le pouvoir de prendre des décisions dont dépend la vie de cent, deux cents ou dix mille hommes est immense. Pour ma part, je ne serais pas aussi tranquille, aussi sûr de moi que semblent l'être Letac, Darsand et les autres.

– Ils savent ce qu'ils font. – Bourmont semblait inquiet du tour que prenait la conversation. – Toi et moi, nous avons encore un bon bout de chemin à parcourir avant d'accéder à de telles responsabilités. Je ne vois aucune raison de nous en préoccuper.

– Bien sûr. Je réfléchissais, c'est tout. Oublie ce que je t'ai dit.

Bourmont observa Frédéric attentivement.

– Ce genre de réflexion ne t'avait jamais empêché de dormir.

– Je n'ai pas changé, protesta le jeune homme, avec peut-être un peu trop de précipitation. C'est seulement que, lorsqu'on pense à une bataille sans en avoir jamais vu, on a dans la tête des idées préconçues qui, ensuite, au contact de la réalité, se révèlent erronées ou inexactes... Je suppose que c'est ce qui m'arrive. Je me sens bien, je t'assure. La situation m'excite, cet appel du combat imminent, la perspective de me battre aux côtés de mes camarades, près de toi. Toucher du doigt la gloire, combattre pour l'honneur de la France et celui du régiment... Pour mon propre honneur. C'est juste qu'aujourd'hui, avec toutes ces allées et venues dont la raison nous échappe plus ou moins, je crois avoir compris que, dans la guerre, nous sommes seulement des pions sans initiative, dont on se sert ou l'on se défait selon les besoins du moment. Comprends-tu ce que je veux dire ?

– Parfaitement. Mais quand tu as galopé vers le petit bois à la rencontre des francs-tireurs, c'était toi seul qui avais l'initiative, Frédéric.

– Exact. Et j'aime ça, c'est vrai. Dans l'action, quand celle-ci arrive enfin, l'initiative finit toujours par nous revenir. Dans l'attente, ce sont les préliminaires et les intermèdes qui me dégoûtent. Je ne les aime pas, Michel.

– Personne ne les aime.

Des coups de canon retentirent tout près, de l'autre côté des collines, et les chevaux inquiets dressèrent les oreilles en encensant. Certains vétérans se regardaient d'un air entendu et observaient d'un œil critique les crêtes derrière lesquelles se déroulait le combat. Les lieutenants Philippo et Gérard s'approchèrent sur leurs montures, les brides lâches.

– Ça se réchauffe, mes amis ! leur lança joyeusement Philippo en caressant la crinière de son cheval. Que je sois pendu si, dans quelques instants, nous n'allons pas foncer sur les Espagnols ! Comment se portent ces sabres ?

– Bien, merci, répondit Bourmont. Je crois que les mots exacts sont : assoiffés de sang.

– C'est ainsi que doivent parler des hussards ! approuva Philippo, que l'imminence de l'action ne semblait pas priver le moins du monde de son habituelle forfanterie. Et le vôtre, Glüntz ? Assoiffé de sang, lui aussi ?

– Plus que le vôtre, rétorqua le jeune homme en souriant.

Philippo éclata d'un rire jovial.

– Ai-je bien entendu ? demanda-t-il en désignant la croûte de sang qui tachait la botte de Frédéric. Ces Alsaciens sont incorrigibles ! Quand ils commencent à sabrer, rien ne peut plus les arrêter… Laissez quelques Espagnols pour vos amis, blanc-bec !

Une tension particulière s'était répandue parmi les groupes dispersés qui composaient l'escadron, comme si le pressentiment que l'heure suprême approchait commençait à pénétrer profondément les hussards. Les conversations se faisaient brèves et espacées, les hommes devenaient de plus en plus taciturnes, et tous-les regards convergeaient vers le versant en pente douce qui, partant du vallon, suivait les collines pour redescendre de l'autre côté, sur le champ de bataille invisible.

L'attention de Frédéric fut attirée par un vieux hussard solitaire qui se tenait à quelques pas de lui. Il était immobile sur un cheval gris, le coude gauche appuyé sur le pommeau de la selle, légèrement penché en avant, l'air songeur, le regard perdu dans l'infini. Ce n'était pas seulement l'aspect du hussard, moustache, queue et nattes poivre et sel, une cicatrice en travers de la joue, parallèle à la jugulaire, qui indiquait le vétéran. Les harnais de son cheval étaient râpés mais soigneusement graissés, la peau de mouton de la selle était pelée après trop d'usage sous les cuisses du cavalier. Une main sous le menton, il passait et repassait distraitement son index sur les pointes de son épaisse moustache. L'autre main était posée sur la crosse de la carabine qui sortait de la fonte accrochée à la selle ; et sur le côté gauche, au-dessus de la sabretache et du pantalon hongrois serré qui recouvrait les bottes jusqu'à la cheville, pendait un ancien sabre courbe de cavalerie, du modèle 1786, presque disparu. La visière du shako rouge – le colback de fourrure noir était le privilège exclusif des officiers – descendait sur un grand nez en bec de faucon. Le visage était tanné et d'innombrables rides entouraient les yeux tranquilles. Chaque oreille portait un anneau d'or.

Frédéric se demanda quel âge pouvait avoir ce vétéran : quarante-cinq, cinquante ans ? De toute évidence, ce n'était pas sa première bataille. Il avait cette immobilité sereine, cette économie de mouvements superflus, cet isolement réfléchi de l'homme qui savait ce qu'il allait affronter. Il n'avait rien du hussard qui attend, impatient, de conquérir une nouvelle parcelle de gloire ; il donnait plutôt l'impression d'être un professionnel qui se concentrait avant de passer un mauvais quart d'heure, avec le calme de celui qui avait traversé sans dommages beaucoup de moments semblables et espérait seulement, fataliste et résigné, conscient de l'inévitable, que le travail pour lequel il était payé serait exécuté le plus rapidement et le plus proprement possible, pour se retrouver à la fin sur la même selle, aussi bien portant qu'il l'était en cet instant.

Frédéric compara la silhouette silencieuse et immobile aux démonstrations méridionales et aux bravades de Philippo, voire à la confiance juvénile de Michel de Bourmont qui, soudain, commençait à lui paraître injustifiée. Et le soupçon pénible lui vint que, d'eux tous, le vieux hussard était peut-être le seul à être dans le vrai.

*

Le trompette sonna l'appel des officiers. Frédéric se leva d'un bond et ajusta son dolman, tandis que Bourmont partait en courant chercher son cheval. Philippo et Gérard s'éloignaient au trot pour aller à la rencontre du commandant Berret et du capitaine Dembrowsky qui dévalaient la colline dans un galop endiablé vers le vallon où était posté l'escadron.

Frédéric coiffa son colback, mit le pied à l'étrier et se hissa sur Noirot. Sans attendre les ordres, les maréchaux des logis pressaient les hussards qui, pris d'une fièvre subite, alignaient leurs montures en formation de marche. Le ciel de plomb recommençait à distiller une pluie fine.

– Ça y est, Frédéric ! C'est notre tour !

Bourmont était revenu près de lui, retenant son cheval qui piaffait en pressentant l'action. Les deux amis galopèrent vers le drapeau de l'escadron, que le sous-lieutenant Blondois avait déployé, le bas de la hampe fixé à l'étrier, à côté de Berret et des autres officiers. Ils étaient tous là, avec des expressions graves, des visages attentifs aux instructions du chef d'escadron, bonnets à poil d'ours, uniformes bleus aux poitrines chamarrées d'or... La fleur de la cavalerie légère de l'Empereur, le commandement du 1er escadron du 4e régiment de hussards : le capitaine Dembrowsky, les lieutenants Maugny, Philippo et Gérard, les sous-lieutenants Laffont, Blondois, de Bourmont et Frédéric lui-même... Les hommes qui, dans quelques instants, allaient conduire sous leurs ordres la centaine de hussards à la gloire ou au désastre.

Berret les regarda tous de son œil unique. Frédéric ne l'avait jamais vu aussi arrogant, aussi formidable.

– Il y a trois bataillons d'infanterie espagnole à un peu plus d'une lieue d'ici, déployés face au 8e léger. Notre infanterie rencontre des difficultés pour tenir sa ligne, et notre mission est donc de charger l'ennemi et de disperser ses formations. Deux escadrons du régiment restent en réserve, et c'est à nous, le 2e, que revient l'honneur de marcher au feu... Des questions ? Bien. Alors il ne me reste plus qu'à vous souhaiter bonne chance à tous. Allons prendre nos postes.

Frédéric battit des paupières, déconcerté. C'était tout? Pas de phrase choisie, pas de geste d'encouragement pour stimuler l'enthousiasme des hommes qui allaient se battre pour la France ? Certes, le jeune homme n'attendait pas un discours patriotique, mais il avait toujours pensé qu'avant le combat un chef devait haranguer ses troupes avec l'éloquence appropriée, pour attiser dans les esprits faibles le feu sacré du devoir. Il se sentait déçu. Berret laissait passer l'occasion de prononcer, peut-être, la belle phrase qui mériterait ensuite de figurer dans les livres d'histoire et, en revanche, il s'était borné à indiquer, comme une simple formalité, l'endroit où ils allaient et pourquoi ils y allaient. À coup sûr, le colonel Letac, que l'on n'avait d'ailleurs pas vu de toute la journée, aurait su, lui, choisir les paroles qu'il fallait avant d'envoyer les hommes sous son commandement là d'où certains ne reviendraient pas.

Le trompette sonna le rassemblement par pelotons. Berret, une main tenant les rênes et l'autre posée négligemment sur la hanche, gagna au trot la tête de l'escadron, suivi de près par le porte-drapeau Blondois et le trompette-major. Le capitaine Dembrowsky se tourna vers les autres, en les fixant de ses yeux gris glacés.

– Vous avez entendu, messieurs.

Il n'y avait rien à ajouter. L'escadron était prêt à marcher en formation dite par pelotons : huit rangs de douze hommes, flanqués des sous-officiers, formant une colonne de quinze mètres de large sur soixante-dix de long. Dembrowsky s'éloigna à la suite du commandant Berret. Frédéric se tourna vers Bourmont qui lui tendait la main par-dessus la croupe de son cheval. Il vit le regard franc de son ami, le sourire d'encouragement sous la fine moustache blonde encadrée par la fourrure noire du colback et la jugulaire de cuivre dorée, les deux nattes blondes, la mâchoire carrée, et, à ce moment, l'idée lui vint que Michel de Bourmont était trop beau pour mourir. Le destin le guiderait sûrement sans dommages au milieu des ennemis, mettant des ailes aux sabots de son cheval et le ramenant vivant du combat qui approchait.

– Nous allons vaincre ou mourir, frère, lui dit Bourmont, comme s'il avait deviné ses pensées.

Puisque son ami le lui affirmait avait une telle conviction, il était impossible que les choses se passent autrement. Frédéric ouvrit la bouche pour répondre, mais il sentit qu'un nœud dans la gorge l'empêchait de prononcer un mot. Le rouge lui monta aux joues tandis qu'il enlevait un gant et serrait chaleureusement la main de son camarade.

Là-dessus la trompette sonna, et le 1er escadron du 4e hussards se mit en marche vers la gloire.

*

La fine pluie continuait de tomber sur les hommes et les bêtes, quand l'escadron gravit le versant au pas. À la suite de Berret, de Dembrowsky et du porte-drapeau, le lieutenant Philippo chevauchait à la tête de la 1re compagnie. Derrière le deuxième rang se tenait Frédéric, fermant la marche de son peloton, suivi de Bourmont qui précédait le sien. Deux rangs de hussards plus loin venait le lieutenant Maugny à la tête de la 2e compagnie, au centre de laquelle chevauchaient Laffont et Gérard. La formation, suivant le règlement au pied de la lettre, était aussi parfaite que si elle avait défilé sous les yeux mêmes de l'Empereur, au lieu de se diriger vers le combat.

La centaine de cavaliers ondoya au milieu des collines mouchetées d'oliviers. À mesure que le grondement de la bataille se faisait plus proche, les conversations s'éteignaient, et elles finirent par disparaître tout à fait. Les hussards avançaient maintenant en silence, se balançant sur leurs montures, le visage grave et le regard perdu sur le dos des hommes qui les précédaient.

Sur la terre mouillée, de petites flaques se reformaient, reflétant le ciel couleur de plomb. Frédéric allait, les deux mains posées sur le pommeau de sa selle, tenant les rênes du bout des doigts. Son esprit était éveillé et serein, même si le fracas de la canonnade de plus en plus rapproché et les décharges de mousqueterie résonnaient dans sa poitrine en se superposant aux battements de son cœur, comme si la bataille se livrait à l'intérieur de lui.

Il ne parvenait pas à s'ôter de la tête une pensée qui allait et venait sans jamais disparaître complètement. Pendant la conversation qu'il avait eue quelques moments plus tôt avec Michel de Bourmont, une idée l'avait assailli soudain, qu'il s'était bien gardé d'exprimer à voix haute. Un jour, quand il était petit, Frédéric avait pris une poignée de soldats de plomb, les avait jetés dans la cheminée et avait observé la manière dont le feu finissait par les réduire à quelques gouttes de métal fondu. Et durant la conversation sur la responsabilité des chefs qui, avait dit Frédéric, envoyaient des milliers d'hommes à la mort, peut-être par une simple erreur d'appréciation, par appétit de gloire ou pour d'autres motifs plus obscurs, une image s'était imposée au jeune homme comme la plus adéquate pour décrire une bataille : deux généraux saisissant une poignée de petits soldats de chair et d'os, et les lançant dans la fournaise pour regarder ensuite le feu les anéantir. Des compagnies, des bataillons, des régiments entiers pouvaient ainsi connaître le même sort. Tout était fonction – et c'est ce qui avait horrifié Frédéric quand il s'en était rendu compte – du caprice de quelques hommes auxquels un roi ou un empereur avait donné le droit d'agir ainsi, au nom d'une coutume ancestrale que nul n'osait discuter. Frédéric ne s'était pas aventuré à exposer cette pensée devant son ami, par crainte de ce que Bourmont pourrait déduire de tels propos. Celui-ci lui avait même lancé un regard étrange quand Frédéric avait émis quelques réserves sur le bien-fondé de l'organisation militaire. Bourmont était quelqu'un de solide, un soldat-né, un brave et un gentilhomme. Et Frédéric se dit amèrement que les sensations insolites qui le tourmentaient depuis quelques heures étaient peut-être le signe d'une lâcheté larvée qui affleurait maintenant, indigne d'un homme portant l'uniforme des hussards.

Il fit un violent effort, presque physique, pour effacer des pensées aussi honteuses. Il respira profondément et contempla les oliveraies cendreuses qui bordaient la route suivie par l'escadron. Il sentit entre ses cuisses les flancs du fidèle Noirot, regarda subrepticement les visages imperturbables des hommes qui chevauchaient autour de lui et désira de toute son âme posséder la même tranquillité d'esprit. Après tout, se dit-il, il s'agissait seulement de tenir bien cachées les idées incongrues, de garder la tête haute et d'adopter une expression impassible jusqu'à ce que vienne le moment de mettre sabre au clair et de marcher à l'ennemi. Une fois venu cet instant suprême, plus rien d'autre ne compterait : Noirot le mènerait là où, en luttant pour sa vie, ce genre d'inquiétantes divagations n'auraient plus leur place.

L'escadron arriva en vue du champ de bataille, dont Frédéric connaissait déjà le panorama, puisque sa compagnie y avait escorté le 8e léger. Dans la vallée, on distinguait les bourgades et le village blanc au loin, bien que le nuage de poudre suspendu en l'air soit maintenant beaucoup plus abondant. Le petit bois de gauche était à demi caché par la fumée du combat, et les éclairs des décharges de mousqueterie zigzaguaient de toutes parts. La terre était grise, la fumée était grise, le ciel était gris, et, au travers de ce voile épais qui brouillait le paysage, des masses d'hommes se déplaçaient lentement, taches bleues, brunes et vertes qui formaient des lignes, se rangeaient en carrés ou se défaisaient sous les coups de l'artillerie de l'un et l'autre camp, dont les projectiles survolaient la vallée en traversant l'air humide avec un mugissement rauque.

Près du mur en ruine d'une ferme, des blessés français étaient éparpillés à même le sol, dans une inquiétante exhibition de ce que le plomb et l'acier pouvaient arracher, briser, mutiler dans un corps humain. Certains restaient immobiles, couchés sur le côté ou sur le dos, avec de pauvres bandages sur leurs blessures. Sous le couvert d'une tente de fortune formée par une toile et quelques planches posées entre deux charrettes, deux ou trois chirurgiens cousaient, pansaient et amputaient sans relâche. Du groupe s'élevait une plainte sourde, un gémissement de douleur collectif dont la monotonie était parfois rompue par un hurlement isolé. En passant près d'eux, Frédéric remarqua un jeune soldat, sans shako ni fusil, qui marchait sans but précis le long du mur en poussant des éclats de rire sous le regard indifférent de ses camarades. Il n'avait aucune blessure visible, et derrière le masque de son visage noirci de poudre brillaient des yeux comme des charbons ardents. Les yeux d'un fou.

Le commandant Berret ordonna le trot pour éloigner au plus vite l'escadron de cette scène dramatique. Le sol était ravagé dans toutes les directions par des ornières de charrettes et de prolonges d'artillerie, piétiné par d'innombrables sabots de chevaux. Un groupe de soldats de l'infanterie de ligne qui battait en retraite, plastrons blancs et guêtres tachés de boue, les croisa. Les soldats étaient visiblement exténués, fusil dans le dos, visage couvert de poudre. Il était évident qu'ils s'étaient battus et que les choses n'allaient pas bien du tout. Au bout de la file, deux hommes en soutenaient un troisième qui boitait douloureusement, la cuisse gauche emmaillotée dans un bandage taillé dans sa propre chemise. Un peu plus loin, l'escadron passa près d'une douzaine de blessés qui marchaient sans aide en direction de l'hôpital de campagne que les hussards avaient dépassé. Certains se servaient de leurs fusils comme de béquilles, et les trois derniers de la file avançaient les mains posées sur le dos du soldat qui les précédait ; leurs yeux étaient recouverts de pansements ensanglantés, et ils trébuchaient sur les cailloux du chemin.

– Ils en ont assez fait, commenta un hussard. Ce sont de braves garçons : ils se retirent pour ne pas nous priver de notre part de plomb.

Personne ne fit chorus à la boutade.

*

La guerre.

Il y avait deux Espagnols pendus aux branches les plus hautes d'une oliveraie. Il y avait des fermes qui brûlaient au loin, des chevaux morts, des uniformes verts, bruns et bleus éparpillés partout. Il y avait un canon renversé, la bouche enfoncée dans la boue, encloué, rendu inutilisable par l'ennemi, sans doute, avant d'être abandonné. Il y avait un soldat français étendu sur le dos au bord du chemin, les yeux grands ouverts, les cheveux ruisselants et les mains crispées, dont les entrailles se répandaient sur les cuisses inertes. Il y avait un blessé assis sur une pierre, la capote sur les épaules et le regard absent, refusant l'aide d'un camarade debout près de lui qui semblait vouloir le convaincre de poursuivre sa route jusqu'à l'hôpital. Il y avait un cheval sellé sans cavalier qui broutait l'herbe entre ses jambes et qui, quand un soldat s'approchait pour tenter de saisir sa bride, relevait la tête et prenait un petit trot méprisant comme s'il souhaitait qu'on le tienne en marge de cette histoire.

L'univers apparaissait à Frédéric plus sombre que jamais dans cette journée, sous ce ciel chargé qui continuait de se liquéfier, dans cette vallée d'où le mugissement du canon avait chassé les oiseaux, laissant seuls les hommes qui s'entre-tuaient avec acharnement. Un moment, il voulut imaginer que tout aurait été différent si, au lieu de cette voûte grise, de la pluie et de la boue qui commençait à se former sous les jambes de Noirot, la terre avait été sèche, le ciel bleu et le soleil éclatant. Mais il ne put s'accrocher longtemps à cette idée; même un jour lumineux du printemps le plus radieux n'aurait pu adoucir l'horreur des images qui jalonnaient le chemin de Frédéric vers la gloire.

Le terrain devint plus plat, les arbres se firent plus rares, et l'escadron prit le trot. Le commandant Berret chevauchait, impavide, à côté du porte-drapeau, flanqué de Dembrowsky et du trompette-major. Pendant un moment, ils suivirent le chemin qu'avait emprunté Frédéric pour escorter le 8e léger vers le village, et le jeune hussard eut l'occasion d'apercevoir de nouveau le petit bois de pins où il avait tué le franc-tireur. Avant d'arriver à sa hauteur, ils prirent à droite, et le regard de Frédéric se reporta sur la tache bleue du 2e escadron qui s'approchait rapidement afin de se réunir à eux pour l'attaque. Il y avait maintenant des soldats de tous côtés, en colonnes serrées, et de tous côtés aussi résonnait le crépitement de la fusillade. Cependant, ils n'étaient toujours pas en vue de l'ennemi.

Les deux escadrons se regroupèrent derrière un tertre, sans se mélanger. Le deuxième resta à quelque distance, et Frédéric admira la disposition compacte de ses rangs, la parfaite formation qui préludait au déploiement pour le combat. Les chevaux piaffaient, inquiets, encensaient en rongeant leur frein, remuaient la terre avec leurs sabots. Ils avaient été entraînés pour ce moment, et leur instinct leur disait que l'heure suprême était venue.

Berret, Dembrowsky et les deux chefs de l'autre escadron montèrent sur le tertre pour voir clairement le lieu de l'attaque. Le reste demeura immobile en gardant la formation, yeux et oreilles attentifs au signal du départ. Frédéric défit les toiles cirées qui enveloppaient ses pistolets et se pencha sur les flancs de Noirot pour vérifier les étrivières. Il regarda Bourmont, mais celui-ci était occupé à suivre ce que faisaient Berret et les autres.

– Espérons que cette fois sera enfin la bonne ! murmura entre ses dents un hussard proche de Frédéric, et le jeune homme faillit exprimer son approbation à haute voix.

Il fallait en terminer une bonne fois pour toutes : assez d'allées et venues, assez d'atermoiements ! Il sentait ses nerfs tendus comme s'ils avaient formé des nœuds, et des picotements désagréables lui parcouraient le ventre. Il avait besoin d'attaquer enfin, de ne plus rester dans cette incertitude, d'affronter face à face celui qui, quel qu'il soit, se trouvait de l'autre côté de la crête. Qu'attendait donc Berret, que diable ? S'ils restaient là, l'ennemi finirait sûrement par les découvrir, et dans ce cas, soit il fondrait sur eux, soit il prendrait le large ; ou alors il adopterait des mesures de défense que, par ignorance, il n'avait pas encore prises. Oui, qu'est-ce qu'on attendait ?

Le sang se mit à battre avec force à ses tempes, son cœur bondissait comme s'il voulait sortir de sa poitrine ; Frédéric était sûr que les hussards voisins pouvaient entendre les battements. La pluie fine continuait de tomber en mouillant ses épaules et ses cuisses, des filets d'eau ruisselaient maintenant sur son nez et sa nuque. Bon Dieu de bon Dieu ! Ils étaient en train de se faire tremper ici, figés comme des statues sur leurs chevaux, tandis que cet imbécile de Berret ne trouvait rien de mieux que d'envoyer des éclaireurs. Est-ce que tout n'était pas clair, pourtant ? Ils étaient d'un côté de la colline ; l'ennemi de l'autre. C'était très simple, pas besoin de se compliquer la vie. Il suffisait de donner l'ordre d'avancer, de monter la dernière pente, de redescendre l'autre versant au galop et de s'abattre comme des démons sur ce ramassis de paysans et de déserteurs. Il n'y avait donc personne pour faire comprendre ça au commandant ?

L'image de Claire Zimmerman repassa un instant devant ses yeux, et il l'écarta avec irritation. Au diable ! Au diable Mlle Zimmerman, au diable Strasbourg, au diable tout le monde ! Au diable Michel de Bourmont qui restait planté comme une cloche à regarder stupidement la crête, transpercé jusqu'aux os, sans demander à grands cris pourquoi l'on n'était pas déjà au galop ! Au diable Philippo le fanfaron, maintenant muet comme une carpe, regardant lui aussi dans la même direction, la bouche ridiculement entrouverte ! Étaient-ils tous devenus des lâches ? Sur l'autre versant se tenaient trois bataillons d'infanterie ennemie ; sur celui-ci, deux escadrons de hussards. Deux cents cavaliers contre mille cinq cents fantassins. Et alors ? Ils n'allaient pas charger les trois bataillons à la fois ! D'abord un, ensuite les autres... Et puis il y avait deux escadrons en réserve. Et le 8e léger était également quelque part de l'autre côté, là où retentissaient les décharges, attendant que la cavalerie vienne lui prêter main-forte... Pour quelle foutue raison ne chargeait-on pas une bonne fois pour toutes ?

Quand Frédéric vit Berret et Dembrowsky se tourner vers eux, Blondois agiter le drapeau et le trompette-major porter son instrument à ses lèvres, et quand il entendit jaillir du cuivre la sonnerie guerrière, son cœur s'arrêta un instant de battre puis reprit de plus belle sa course folle. Son « Vive l'Empereur ! » se confondit avec le cri enflammé qui sortait de deux cents gorges, tandis que les deux escadrons commençaient à remonter la colline. Il dégaina son sabre et l'appuya contre sa clavicule droite, releva la tête et éperonna Noirot pour gagner le lieu où il n'aurait d'autres amis que Dieu, son sabre et son cheval.

6. La charge

À mesure qu'ils gravissaient la colline, Frédéric découvrait enfin ce qui allait être le théâtre de l'attaque. Ce fut d'abord l'épais nuage suspendu entre ciel et terre ; puis les colonnes de fumée noire qui montaient à la verticale, presque immobiles, comme figées par la pluie. Après, il put distinguer au travers de la nuée les montagnes lointaines qui fermaient la vallée de l'autre côté, vers l'horizon. Et, arrivé presque à la crête, il put embrasser du regard les champs à droite et à gauche, le bois, le village enveloppé de flammes, méconnaissable avec ses toits qui brûlaient furieusement, les brandons qui s'élevaient dans le ciel, poussés par la chaleur, et se décomposaient en l'air ou retombaient sur la campagne noire de boue et de cendres.

Un bataillon du 8e léger se tenait au pied même de la colline, et il était évident qu'il avait été mis à mal. Ses compagnies s'étaient repliées, et le terrain qui s'étendait devant était semé d'uniformes bleus immobiles gisant sur le sol. Épuisés, les soldats pansaient leurs blessures, nettoyaient leurs fusils. C'étaient les hommes que Frédéric avait escortés vers le village conquis à la baïonnette et évacué ensuite devant la féroce contre-attaque de l'ennemi. Leurs uniformes étaient maintenant souillés de boue, leurs visages noircis par la poudre, ils avaient le regard perdu des soldats soumis à rude épreuve. Avec leur retraite, le centre du combat sur ce flanc s'était déplacé sur la gauche, où un autre bataillon du régiment, un peu plus avancé et s'adossant aux murs criblés de balles d'une ferme à moitié détruite, crachait des décharges de mousqueterie sur les lignes compactes de l'ennemi, qui semblaient progresser lentement et implacablement dans la fumée de leurs propres tirs, comme si rien n'était capable de les arrêter.

Les trompettes des deux escadrons de hussards sonnèrent presque en même temps la formation en ordre de bataille. Les premières lignes d'uniformes verts et bruns étaient à proximité, à moins d'une demi-lieue, dans le nuage de poudre brûlée. Quand elles virent apparaître les hussards, elles exécutèrent un mouvement de contraction sur elles-mêmes, passant de la ligne au carré, seule disposition défensive efficace contre une charge de cavalerie. En haut de la colline, le commandant Berret ne perdait pas de temps ; son regard passa un instant des rangs ennemis à l'escadron, il vérifia que celui-ci était prêt à charger, mit sabre au clair et le pointa vers le carré ennemi le plus proche.

– 1er escadron du 4e hussards… ! Au pas !

Les cavaliers, alignés maintenant sur deux rangs serrés de cinquante hommes chacun, commencèrent la descente du versant en pente douce. À leur droite, le commandant de l'autre escadron, avec des mouvements presque identiques à ceux de Berret, indiquait de son sabre un carré un peu plus éloigné.

De quelque part derrière les lignes espagnoles parvint le ronflement des boulets et des biscaïens de l'artillerie ennemie, qui s'enfonçaient dans la terre mouillée avec un claquement sourd avant de soulever un cône inversé de boue et de mitraille. Frédéric chevauchait devant le premier rang, ayant à sa gauche Philippo et à sa droite Bourmont. Le commandant Berret allait devant le porte-drapeau, le trompette-major collé à sa croupe. Dembrowsky occupait son poste à l'autre extrémité du rang ; si Berret tombait, ce serait lui qui prendrait la tête de l'escadron. Si Dembrowsky était mis lui aussi hors de combat, le commandement serait assumé par Maugny, Philippo et ainsi de suite, par ordre d'ancienneté, jusqu'à Frédéric lui-même.

– 1er escadron… ! Au trot !

Les chevaux forcèrent la marche, les cavaliers ajustant les mouvements de leur corps au rythme de leur monture. Frédéric, le sabre toujours contre l'épaule et les rênes dans la main droite, jetait des regards à gauche et à droite pour maintenir sa place dans la formation, ce qui l'empêchait de regarder devant lui autant qu'il l'eût souhaité. Le carré vert sur lequel ils marchaient était de plus en plus visible entre les tourbillons de fumée de la poudre ; il n'était plus une masse informe mais prenait son apparence réelle : des rangs compacts d'hommes formant un carré hérissé de baïonnettes sur tous ses flancs.

Les deux escadrons laissèrent la colline derrière eux, passant devant le bataillon d'infanterie mal en point. Les soldats levèrent leurs shakos au bout de leurs fusils pour ovationner les hussards, puis reprirent derechef leur formation et, poussés par leurs officiers, commencèrent à avancer derrière eux pour pénétrer de nouveau sur le terrain qu'ils avaient dû abandonner devant l'avance ennemie, marchant encore une fois à travers les champs semés de camarades morts.

L'autre escadron s'éloigna progressivement de celui de Frédéric, son objectif étant une autre formation ennemie, un carré de vestes brunes qui se trouvait à quelque quatre cents mètres de celui vers lequel se dirigeaient les cavaliers de Berret. Deux boulets passèrent en vrombissant et explosèrent sur la gauche, sans causer de dommages. Des balles arrivaient en sifflant, sans force, tirées de trop loin, et s'enfonçaient dans le sol mouillé.

Berret leva son sabre et le trompette sonna clair et fort. L'escadron parcourut encore une certaine distance et s'arrêta, les deux rangs impeccablement alignés, tandis que les hussards refrénaient leurs montures en tirant sur les rênes. À moins de deux cents mètres, dans les tourbillons de fumée, on distinguait parfaitement le carré ennemi, le premier rang genou en terre, le deuxième debout, tous les deux les fusils pointés sur l'escadron maintenant immobile.

Berret agita son sabre au-dessus de sa tête. Répétant la manœuvre exécutée des centaines de fois au cours des exercices, les officiers reculèrent pour se placer sur les flancs, tandis que les hussards sortaient les carabines des fontes d'arçon.

– 1re compagnie… ! En joue !

À ce moment arriva la décharge ennemie. Frédéric, sur le flanc gauche de la formation, baissa la tête en voyant le chapelet d'éclairs courir le long des files espagnoles. Les balles bourdonnèrent de toutes parts, expédiant plusieurs hussards à terre. Quelques chevaux s'écroulèrent aussi, en agitant leurs jambes en l'air.

Imperturbable, très droit sur sa monture, Berret regardait la formation espagnole.

– 1re compagnie...! Feu!

Les chevaux ruèrent quand la décharge partit, et la fumée de celle-ci masqua l'ennemi. Deux hussards blessés se traînaient sur le sol, esquivant les jambes des animaux et tentant de se mettre à la queue de l'escadron. Ils ne voulaient pas être piétinés par la charge imminente.

Berret apparut au milieu de la fumée, son œil unique jetant des étincelles et le sabre levé.

– Officiers, à vos postes...! 1er escadron du 4e hussards...! Au pas!

Frédéric éperonna Noirot tout en passant le poignet dans la boucle formée par le cordon du sabre; ses mains tremblaient, mais il savait que ce n'était pas dû à la peur. Il respira profondément plusieurs fois et serra les dents; il se sentait flotter dans un rêve étrange.

– 1er escadron...! – La voix de Berret était rauque. – Au trot!

Le bruit des sabots martelant la terre grandit en intensité à mesure que les chevaux accéléraient leur cadence. Frédéric laissa pendre le sabre de sa main droite, empoigna de celle-ci un pistolet et maintint fermement les rênes dans la gauche. L'odeur de la poudre brûlée envahissait ses poumons en le plongeant dans un état proche de l'ivresse. Il respirait l'excitation par tous les pores, il avait fait le vide dans son esprit, et ses cinq sens se concentraient avec une obstination animale sur sa volonté de percer la fumée pour distinguer l'ennemi qui attendait de l'autre côté, de plus en plus proche.

L'escadron laissa derrière lui les derniers lambeaux de nuée grise, et le carré espagnol lui apparut de nouveau. Il y avait beaucoup d'uniformes verts étendus sur le sol autour des rangs extérieurs. Les hommes de la première ligne, agenouillés, chargeaient à toute vitesse leurs armes en poussant les balles avec les baguettes. Frédéric eut un instant l'impression que tous les fusils étaient dirigés sur lui.

– 1er escadron… ! Au galop !

La deuxième décharge ennemie partit à cent mètres. Les éclairs jaillirent à une proximité inquiétante et, cette fois, Frédéric put sentir que le plomb passait tout près, à quelques pouces de son corps crispé par la tension. Dans son dos, au-dessus du martèlement des sabots de l'escadron, il put entendre les hennissements d'animaux touchés et les cris de colère des cavaliers. La formation commençait à se désagréger ; des hussards prenaient de l'avance à gauche et à droite. Un biscaïen explosa si près qu'il sentit la chaleur du métal chauffé au rouge qui sifflait dans l'air. Le cheval de Philippo, un isabelle à la crinière jaune, passa devant lui en galopant, affolé, sans cavalier. Le commandant était toujours en tête de l'escadron, pointant son sabre vers l'ennemi dont on pouvait déjà distinguer les visages.

Le crépitement des sabots martelant la terre, la furieuse

galopade de Noirot, le souffle puissant de l'animal, les poumons de Frédéric enflammés par l'âcre odeur de la poudre, la sueur qui commençait à couvrir l'encolure de sa monture, les mâchoires du cavalier serrées, la pluie qui continuait de tomber, l'eau qui coulait du colback sur la nuque... Il n'y avait plus désormais de retour possible. Le monde se réduisait à une folle chevauchée, au désir farouche d'effacer ces odieux uniformes verts de la face de la terre, ces shakos aux plumes rouges qui formaient un mur vivant, hérissé de fusils et de baïonnettes. Soixante, cinquante mètres. La rangée d'hommes agenouillés levait déjà de nouveau ses fusils tandis que la deuxième, celle qui était debout, mordait les cartouches et les glissait rapidement dans les canons fumants

Le trompette joua la terrible sonnerie de la charge, l'ordre d'attaquer à volonté, et cent gorges crièrent « Vive l'Empereur ! » dans une clameur sauvage qui courut le long de l'escadron en couvrant le fracas des sabots frappant la terre. Frédéric éperonnait Noirot jusqu'à lui ensanglanter les flancs ; mesure inutile, car le cheval ne répondait plus aux rênes. Il filait comme une flèche, col tendu, yeux exorbités, mors couvert d'écume, pris du même emportement que son maître. Il y avait maintenant de nombreuses montures qui galopaient la selle vide, les rênes au vent, entre les rangs serrés mais de plus en plus désordonnés de l'escadron. Trente mètres.

Tout l'univers de Frédéric était concentré sur le franchissement de cette ultime distance avant que les fusils pointés ne crachent leur chapelet mortel. Le sabre accroché par son cordon au poignet, la lame cognant contre la cuisse et le pistolet bien ferme dans la main crispée, les muscles encore plus tendus, prêt à recevoir en pleine figure la décharge désormais inévitable. Comme dans un rêve, il vit que le second rang du carré ennemi levait ses fusils en désordre, que certains Espagnols lâchaient les baguettes sans finir de charger, que d'autres visaient sans les avoir ôtées du canon, parallèles aux baïonnettes luisantes. Dix mètres.

Il vit le visage d'un officier en uniforme vert qui criait un ordre dont le son se perdit dans le tumulte de la charge. Il déchargea son pistolet sur lui, le remit dans la fonte et empoigna son sabre en s'affermissant du mieux qu'il put sur sa selle. À ce moment, la rangée d'hommes agenouillés fit feu et le monde ne fut plus qu'éclairs et fumée, hurlements, boue et sang. Sans savoir s'il avait été blessé, il sauta, entraîné par son cheval, au milieu de la forêt de baïonnettes. Il asséna des coups de sabre sur tout ce qui se trouvait à sa portée avec une férocité désespérée, criant comme un possédé, poussé par une haine inconnue, avec l'envie d'exterminer l'Humanité entière. Une tête fendue jusqu'aux dents, une masse d'hommes roulant dans la boue sous les jambes des chevaux, un visage brun épouvanté, le sang coulant sur la lame et la poignée, le craquement de l'acier entrant dans la chair, un moignon sanguinolent au bout duquel une main tenait encore une baïonnette, Noirot cabré, un hussard déchargeant des coups de sabre en aveugle, la figure couverte de sang, d'autres chevaux sans cavaliers hennissant de terreur, des cris, des fers entrechoqués, des détonations, des éclairs, de la fumée, des hurlements, des chevaux pataugeant dans leurs tripes, des hommes dont les entrailles étaient piétinées par les chevaux, sabrer, égorger, mordre, hurler…

Porté par son élan, l'escadron extermina tout un côté du carré et poursuivit sa course en la déviant sur sa gauche sous l'effet du choc. Frédéric se retrouva soudain hors des lignes ennemies, cramponné à sa selle, le bras endolori tenant le sabre. Le trompette sonnait le ralliement pour une nouvelle charge, et les hussards durent parcourir une certaine distance avant de reprendre le contrôle de leurs montures qui galopaient éperdument. Frédéric laissa pendre son sabre au bout du cordon accroché à son poignet et tira avec force sur les rênes de Noirot, l'arrêtant presque net, les jambes postérieures patinant sur le sol détrempé. Ensuite, hors d'haleine, les oreilles sifflantes et sentant le sang palpiter violemment dans ses tempes, la nuque tenaillée par une douleur atroce, il éperonna de nouveau son cheval en direction du drapeau autour duquel tournoyait l'escadron.

Le bras droit du commandant Berret, blessé par une balle, pendait inerte. Il était très pâle, mais parvenait à se maintenir en selle, le sabre dans la main gauche et les rênes entre les dents. Son œil unique brillait comme un charbon ardent. Dembrowsky, en apparence indemne, aussi froid et tranquille que s'il avait participé à un exercice et non à une charge, s'approcha du commandant, le salua d'une inclination de la tête et prit le commandement.

– 1er escadron du 4e hussards… ! Chargez ! Chargez !

Frédéric eut le temps d'avoir la vision fugace de Michel de Bourmont, tête nue et dolman déchiré, levant son sabre tandis que l'escadron s'élançait de nouveau à l'attaque. Les chevaux reprirent de la vitesse, mettant leurs sabots à l'unisson, et les hussards serrèrent les rangs pendant qu'ils réduisaient la distance avec le carré ennemi. La pluie tombait maintenant dru et les jambes des chevaux piétinaient la boue, aspergeant les cavaliers qui galopaient derrière. Frédéric éperonna Noirot pour reprendre approximativement sa place, en avant et sur l'aile gauche du premier rang. Il fut surpris de ne voir aucun officier chevaucher près de lui, puis il se souvint brusquement du cheval de Philippo galopant sans cavalier après l'explosion du biscaïen, avant le choc.

Le carré était entouré de corps d'hommes et de chevaux jonchant le sol. De ses rangs, désormais moins nourris, partit une décharge qui s'abattit sur l'escadron. Le cheval du porte-drapeau Blondois se cabra, poursuivit quelques mètres en trébuchant sur ses jambes postérieures et désarçonna son cavalier. Un hussard sans colback se détacha du rang, ses nattes et sa queue blondes flottant au vent de la galopade, et arracha le drapeau des mains de Blondois avant même que ce dernier ait fini de rouler à terre. C'était Michel de Bourmont. Frédéric en eut la peau hérissée et cria « Vive l'Empereur ! » avec un enthousiasme qui gagna les hommes qui chevauchaient autour de lui.

Le carré espagnol était à moins de cinquante mètres, mais la fumée de la poudre était maintenant si épaisse qu'on pouvait à peine en distinguer les contours. Quelque chose de rapide et de brûlant frôla la joue droite de Frédéric en faisant vibrer la jugulaire de cuivre. Il tendit le bras armé du sabre tandis que Noirot franchissait d'un saut un cheval mort renversé sur son cavalier. Un torrent d'éclairs déchira le rideau de fumée. Il se courba sur l'encolure de son cheval pour éviter le déluge de plomb et se redressa, indemne, la bouche sèche, tétanisé. Il serra les dents, s'affermit sur les étriers et asséna des coups de sabre au milieu d'une forêt de baïonnettes qui cherchaient son corps.

Il lutta pour sa vie. Il lutta avec toute la vigueur de ses dix-neuf ans jusqu'à ce que son bras finisse par lui peser comme s'il était de plomb. Il lutta en attaquant et en parant, piquant avec la pointe de son sabre, taillant de revers, arrachant son corps aux mains qui tentaient de le désarçonner, s'ouvrant un passage dans ce labyrinthe de boue, d'acier, de sang, de plomb et de poudre. Il cria sa peur et sa bravoure jusqu'à en avoir la gorge à vif. Et pour la deuxième fois, il se retrouva en train de chevaucher en dehors des lignes ennemies, en rase campagne, la pluie lui fouettant la figure, entouré de chevaux sans cavaliers qui galopaient, affolés. Il palpa son corps et éprouva une joie féroce en n'y découvrant aucune blessure. Ce n'est qu'en portant la main à sa joue droite, qui le brûlait, qu'il la retira tachée de sang.

L'appel métallique de la trompette rassemblait de nouveau l'escadron autour du drapeau. Frédéric tira sur les rênes et récupéra le contrôle de son cheval. Plusieurs montures avec la selle vide erraient çà et là, des blessés s'agitaient dans la boue en tendant des bras implorants sur son passage. Frédéric regarda la lame de son sabre qu'il avait aiguisée à peine quelques heures plus tôt et la vit poisseuse et teintée de sang, avec des fragments de cervelle et des cheveux qui y adhéraient. Il l'essuya avec répugnance sur la jambe de son pantalon et éperonna Noirot pour rejoindre ses camarades.

Le commandant Berret était invisible. Bourmont, une plaie au front et une autre à la cuisse, tenait haut le drapeau ; ses yeux brillaient derrière le masque de sang qui imprégnait ses nattes et sa moustache, quand son regard passa sur Frédéric sans le reconnaître. La pluie continuait de tomber. Près de lui, le sabre posé sur le pommeau de la selle, aussi serein qu'à la parade, Dembrowsky tirait sur les rênes de sa monture en attendant que l'escadron se reforme.

– 1er escadron du 4e hussards… !

Le capitaine avait pointé son sabre sur le carré qui, malgré les attaques subies, maintenait encore ses rangs dont on pouvait voir à travers la fumée qu'ils s'étaient terriblement éclaircis.

– Vive l'Empereur… ! Chargez !

Les survivants de l'escadron reprirent en chœur le cri de guerre, serrèrent les rangs et marchèrent à l'ennemi pour la troisième fois. Frédéric n'était plus maître de ses actes ; il ressentait une profonde fatigue, un désespoir amer de constater que le carré vert tant haï était toujours là, après avoir supporté sur le terrain deux charges dévastatrices de la meilleure cavalerie légère du monde. Il fallait en finir une fois pour toutes, il fallait les écraser, les tuer tous et faire rouler l'une après l'autre leurs têtes dans la glaise, les piétiner sous les fers des chevaux et les transformer en bouillie sanglante. Il fallait effacer de la face de la terre ce groupe obstiné de nabots verts, et c'était lui, Frédéric Glüntz de Strasbourg, qui allait le faire. Ah oui, il le ferait, foutredieu !

Il éperonna Noirot pour la énième fois, serrant les rangs avec les hussards qui chevauchaient à côté de lui. Maugny n'était plus là. Ni Laffont. Le 1er escadron avait perdu la moitié de ses officiers. Une compagnie du 8e léger qui avait avancé derrière les hussards se trouvait très près du carré vert et le tenait sous ses feux de peloton. Les éclairs des décharges brillaient plus fort, car l'après-midi avançait et l'épaisse couche de nuages s'obscurcissait déjà sur les montagnes qui fermaient la vallée à l'horizon.

Le trompette sonna de nouveau, les chevaux accordèrent encore une fois leur galop, Frédéric reprit son sabre d'une main résolue, en s'affermissant sur sa selle et ses étriers. Fatiguées, les bêtes enfonçaient leurs sabots dans la boue, glissaient et sautaient les flaques, mais l'escadron finit quand même par atteindre l'allure de la charge. La distance qui le séparait de la formation ennemie diminua rapidement et ce furent encore les balles, la fumée, les cris et le fracas du choc, comme s'il s'agissait d'un cauchemar voué à se répéter jusqu'à la fin des temps.

Il y avait un drapeau. Un drapeau blanc avec des lettres brodées d'or. Un drapeau espagnol, défendu par un groupe d'hommes qui se pressaient autour comme si leur salut éternel dépendait de lui. Un drapeau espagnol, c'était la gloire. Il fallait seulement arriver jusqu'à lui, tuer ses défenseurs, le saisir et le brandir avec un cri de victoire. C'était facile. Par Dieu et par le diable, comme c'était facile ! Frédéric lança un hurlement sauvage et tira brusquement sur les rênes pour forcer son cheval à se diriger vers lui. Il n'y avait plus de carré ; rien qu'une poignée d'hommes qui se défendaient de pied ferme, isolés, pointant leurs baïonnettes dans un effort désespéré pour maintenir à distance les hussards qui les sabraient du haut de leurs chevaux. Un Espagnol qui tenait son fusil par le canon se mit en travers du chemin de Frédéric et l'attaqua à coups de crosse. Le sabre se leva et s'abattit trois fois, et l'ennemi, ensanglanté jusqu'à la taille, tomba sous les jambes de Noirot.

Le drapeau était défendu par un vieux sous-officier aux pattes et à la moustache blanches, entouré de quatre ou cinq officiers et soldats qui se battaient avec l'énergie du désespoir, luttant dos à dos comme des loups acculés qui auraient défendu leurs louveteaux contre les hussards qui poursuivaient le même but que Frédéric. Quand celui-ci arriva sur eux, le sous-officier, blessé à la tête et aux deux bras, pouvait à peine tenir le drapeau. Un garçon grand et mince, avec des galons de lieutenant, un sabre à la main, essayait de parer les coups qui pleuvaient sur le malheureux porte-drapeau dont les jambes commençaient à fléchir. Lorsque le vieux sous-officier tomba, le lieutenant lui arracha la hampe des mains, jeta un cri terrible et tenta de s'ouvrir un passage entre les ennemis qui l'entouraient. Deux de ses camarades seulement étaient encore debout près de l'emblème. « Pas de quartier ! » criaient les hussards qui tournoyaient autour, de plus en plus nombreux. Mais les Espagnols ne demandaient pas quartier. L'un tomba, la tête fendue, puis un autre, atteint par une balle de pistolet. Celui qui tenait le drapeau était couvert de sang des pieds à la tête, les hussards le sabraient sans pitié et il avait déjà reçu une douzaine de blessures. Frédéric s'ouvrit un passage et enfonça son sabre de plusieurs pouces dans son dos, tandis qu'un autre hussard lui arrachait la hampe des mains. En se voyant privé du drapeau, le moribond parut avoir perdu toute envie de se battre. Sous le sabre, il fléchit, tomba à genoux, et un hussard l'acheva d'un coup à la gorge.

Le carré était défait. L'infanterie accourait, baïonnette au canon, aux cris de « Vive l'Empereur ! » et les Espagnols survivants jetaient leurs armes pour détaler plus vite, cherchant le salut dans la fuite vers le bois voisin.

Le trompette sonna la poursuite : pas de quartier. Apparemment, Dembrowsky avait été exaspéré par la résistance tenace et voulait faire un exemple. Rendus euphoriques par la victoire, les hussards se lancèrent sur les talons des fugitifs qui pataugeaient dans la boue en tentant de sauver leur vie. Frédéric galopa parmi les premiers, les yeux injectés de sang, agitant son sabre, prêt à tout faire pour qu'aucun Espagnol ne parvienne vivant à la lisière du bois.

C'était un jeu d'enfant. On les atteignait l'un après l'autre, on les sabrait au passage et on laissait les champs jonchés de corps inanimés et sanglants. Noirot porta Frédéric sur un Espagnol qui courait, tête nue et désarmé, sans se retourner, comme s'il prétendait ignorer la Mort qui galopait derrière lui, attentif seulement aux arbres proches dont il espérait le salut.

Mais il n'y avait pas de salut possible. Avec la sensation d'avoir déjà vécu la même scène, Frédéric arriva à sa hauteur, leva son sabre et fendit la tête du fuyard en deux comme une pastèque. Il jeta un coup d'œil par-dessus la croupe de son cheval et vit le corps tomber en avant, jambes et bras écartés, et s'écraser dans la boue. Deux hussards passèrent près de lui en poussant joyeusement des cris de victoire. L'un d'eux portait embroché sur la pointe de son sabre un shako espagnol dégoulinant de sang.

Frédéric s'unit à eux pour poursuivre un groupe de quatre fugitifs. Les hussards se lançaient des défis, c'était à qui arriverait le premier, aussi éperonna-t-il furieusement Noirot, bien décidé à gagner la course. Les Espagnols couraient, les jambes couvertes de boue, trébuchant dans la fange, avec l'angoisse de voir leurs poursuivants raccourcir la distance. L'un d'eux, convaincu de l'inutilité de ses efforts, s'arrêta soudain et se retourna vers les hussards, calme et l'air de les braver, les poings sur les hanches. Gardant fièrement le front haut, il vit Frédéric et ses deux camarades galoper sur lui, et ses yeux lancèrent des éclairs dans sa face noircie de poudre, sous les cheveux emmêlés et sales, jusqu'au moment où les poursuivants, arrivés à sa hauteur, lui coupèrent la tête.

Un peu plus loin, ils fondirent sur le reste et sabrèrent les fuyards l'un après l'autre. Les arbres étaient désormais tout près, ils les avaient atteints en diagonale. Le trompette de l'escadron sonnait le ralliement pour rassembler les hussards dispersés. Frédéric était sur le point de tirer sur les rênes pour faire demi-tour. C'est alors qu'il regarda sur sa gauche et qu'il les vit.

*

Ils sortaient du bois en une ligne compacte. C'était une centaine de cavaliers portant veste verte et shako noir galonné d'or. Chacun d'eux tenait, plantée sur l'étrier gauche, une longue lance ornée d'une petite flamme rouge. Ils demeurèrent un moment immobiles et majestueux sous la pluie, comme s'ils contemplaient le champ de bataille où venait d'être tués un demi-millier de leurs compatriotes. Puis une trompette retentit, suivie de cris de guerre, et la ligne de cavaliers baissa les lances avant de se lancer au galop, comme des diables assoiffés de vengeance, chargeant de côté l'escadron de hussards éparpillé.

Le sang de Frédéric se glaça dans ses veines tandis que de sa gorge jaillissait un cri d'angoisse. Les deux hussards voisins, qui s'étaient retournés en entendant la trompette ennemie, éperonnèrent leurs chevaux dont les jambes postérieures glissèrent sur la boue, et piquèrent des éperons pour s'éloigner à toute allure.

De tous côtés, les hussards faisaient volte-face et se retiraient dans la plus totale confusion. Une partie de la ligne des cavaliers espagnols atteignit un groupe important dont les montures fatiguées étaient incapables de maintenir la distance devant ceux qui étaient à présent les poursuivants, nantis de chevaux frais et de lances contre lesquelles les sabres ne pouvaient rien. Le choc fut bref et décisif. Les lanciers embrochèrent leurs adversaires qui tombèrent dans un amoncellement d'hommes et de chevaux mêlés. Des hussards qui gardaient encore leurs carabines ou leurs pistolets chargés, montés ou pied à terre, faisaient feu sur les cavaliers qui balayaient la campagne comme une vague déchaînée, comme une faux mortelle éliminant sur son passage tout signe de vie. Désemparé, ne sachant encore quel parti prendre, Frédéric vit la ligne de lanciers atteindre le milieu de l'escadron, et le drapeau, d'abord agité en l'air, s'abattre ensuite au milieu d'une forêt de lances. Il ne put rien distinguer de plus, car un parti de lanciers se sépara du gros de la formation et se jeta sur les huit ou dix hussards encore dispersés aux alentours, à l'écart des débris de l'escadron. Frédéric eut l'impression de se réveiller d'un rêve ; un frisson de terreur lui parcourut les muscles et le ventre. Alors il baissa la tête, se pencha sur l'encolure de Noirot, l'éperonna brutalement en frappant sa croupe du plat de son sabre et le lança au galop dans une course folle pour qu'il l'aide à sauver sa vie.

*

Ils étaient derrière lui, tout proches. Noirot avait atteint la limite de ses forces, le mors couvert d'écume, la pluie et la sueur ruisselant sur son pelage luisant. Le cheval d'un hussard qui galopait devant enfonça ses jambes antérieures dans une flaque et projeta son cavalier par-dessus ses oreilles. Le hussard se releva à demi, couvert de boue de la tête aux pieds, un pistolet dans une main et le sabre dans l'autre. Une seconde, Frédéric eut l'idée de le prendre en croupe, mais il l'écarta aussitôt ; son propre poids était déjà de trop pour le pauvre Noirot. Le hussard démonté le vit passer sans s'arrêter, tira sa dernière balle sur les lanciers qui arrivaient et leva faiblement son sabre avant de parcourir quelques mètres en pataugeant dans la glaise, embroché par la pointe d'une lance.

Frédéric, qui s'était retourné pour contempler la scène avec horreur, comprit que son cheval épuisé ne pourrait plus soutenir ce train longtemps. Noirot avançait en sautillant, butait contre les pierres, glissait dans la boue. Du galop il était presque passé à un trot qui trahissait la douleur. Les flancs de la bête palpitaient avec violence sous l'effort, et ses naseaux crachaient des bouffées de vapeur. Les lanciers gagnaient inexorablement du terrain, on pouvait entendre distinctement le bruit des sabots de leurs montures, les cris par lesquels ils s'encourageaient mutuellement dans cette chasse barbare.

Frédéric était fou de panique. C'était une peur bestiale, épouvantable, atroce. La tête lui tournait tandis qu'il cherchait du regard un endroit où s'abriter. Il sentait les muscles de son dos tendus, crispés, comme s'il attendait d'un moment à l'autre le craquement de ses côtes se brisant sous la pointe de lance affilée qu'il pressentait proche. Il voulait vivre. Vivre à tout prix, même s'il devait rester mutilé, aveugle, invalide... Il le voulait de toutes ses forces, il refusait de mourir là, dans cette vallée débordante de boue, sous le ciel gris qui s'obscurcissait maintenant très vite, sur cette terre lointaine et maudite où il n'aurait jamais dû venir. Il refusait de finir comme un chien, seul et traqué, embroché comme un trophée macabre sur la pointe d'une lance espagnole.

Dans un ultime effort, Noirot atteignit la lisière du bois et pénétra sous les premiers arbres, trébuchant dans les broussailles, faisant s'écrouler sur Frédéric des torrents d'eau des branches basses. L'animal, fidèle jusqu'à la fin à son noble instinct, fit encore quelques pas avant de s'écrouler entre les arbustes avec un hennissement d'agonie déchirant, les flancs ruisselant de sang, emprisonnant une jambe de son cavalier sous son corps secoué par les ultimes soubresauts.

Frédéric reçut le choc sur le côté gauche, sur l'épaule et la hanche. Il resta étourdi, le visage dans la glaise et les feuilles mortes, jusqu'au moment où il entendit approcher le galop d'un cheval. Alors il se souvint des longues lances espagnoles et tenta désespérément de se relever. Il fallait courir, il fallait quitter ce lieu avant que ses poursuivants ne fondent sur lui.

Noirot était immobile, les entrailles rompues par l'effort, et, de temps en temps seulement, il émettait de faibles hennissements en agitant la tête, les yeux voilés par l'agonie. Frédéric essaya de dégager sa jambe prise au piège. Le bruit des sabots était de plus en plus proche, il était déjà presque là. En se mordant les lèvres pour ne pas crier de terreur, il appuya ses mains souillées contre l'échine du cheval et poussa de toutes ses forces pour se libérer.

Dans le bois, aux alentours, résonnaient des cris et des coups de feu. Le sabre attaché à son poignet entravait ses mouvements, et il arracha le cordon avec des doigts tremblants. Il fouilla nerveusement dans les fontes d'arçon, empoigna le pistolet qui n'avait pas encore servi. Il poussa de nouveau de toutes ses forces en se sentant au bord de l'évanouissement. À l'instant même où il parvenait à retirer sa jambe de sous le cheval moribond, une silhouette verte apparut entre les arbres, lance en arrêt, chevauchant directement sur lui.

Il roula sur lui-même pour chercher la protection d'un tronc voisin. Les larmes coulaient sur ses joues couvertes de boue et de feuilles quand il leva le pistolet qu'il avait empoigné des deux mains, visant la poitrine du cavalier. À la vue de l'arme, celui-ci cabra son cheval. L'éclair du coup de feu voila la vision de Frédéric, le pistolet lui sauta des mains. Un hennissement, un coup sourd derrière les arbustes. Il vit les jambes du cheval s'agiter en l'air, entraînant le cavalier dans la chute. Il avait raté sa cible, il avait touché la monture. Avec un cri de désespoir, suffoquant dans l'âcre odeur de poudre brûlée, il concentra ses dernières forces dans une volonté sauvage de survivre. Il se leva comme il put, sauta par-dessus le corps inerte du pauvre Noirot, s'élança entre les jambes de l'autre cheval et tomba sur le lancier qui tentait de se redresser, la hampe de sa lance brisée et le sabre à demi dégainé. Il frappa l'Espagnol au visage jusqu'à ce que le sang lui jaillisse par le nez et les oreilles. Hors de lui, poussant des imprécations incohérentes, il martela de ses poings serrés les yeux de son adversaire, mordit la main qui tentait d'empoigner le sabre et entendit craquer les os et les tendons sous ses dents. Étourdi par la chute et les coups, le lancier essayait de protéger sa face ensanglantée avec ses bras, en gémissant comme un fauve blessé. Ils roulèrent tous deux sur le sol, englués de boue, sous la pluie qui continuait de goutter des branches. Avec une énergie que seul peut donner le désespoir, Frédéric attrapa à deux mains le sabre du lancier à demi sorti du fourreau et poussa pouce après pouce la lame nue vers la gorge de son ennemi. Il y mettait toute la force qu'il pouvait rassembler, serrant les dents jusqu'à faire craquer ses mâchoires, aspirant par saccades des bouffées d'air. Les yeux déjà aveugles du lancier semblaient sur le point de sortir de leurs orbites sous les sourcils lacérés, arrachés et sanglants. À tâtons, l'Espagnol attrapa une pierre et l'écrasa sur la bouche de Frédéric. Celui-ci sentit éclater ses gencives et sauter ses dents réduites en miettes. Il cracha des dents et du sang tandis que dans un ultime et sauvage effort, avec un hurlement inhumain qui jaillit du fond de ses entrailles, il portait le bord aiguisé du sabre à la gorge de son ennemi, en lui imprimant un mouvement de va-et-vient, jusqu'à ce qu'un flot visqueux lui éclabousse le visage et que les bras de l'Espagnol s'affaissent, inertes, sur les côtés.

Il resta là, à plat ventre sur le cadavre du lancier, cramponné à celui-ci et sans forces pour faire un mouvement, laissant sourdre une plainte rauque de ses lèvres déchiquetées. Il demeura ainsi un bon moment avec la certitude qu'il était en train de mourir, grelottant de froid, une douleur aiguë aux tempes et à la bouche irradiant dans toute la tête. Il ne pensait à rien ; son cerveau chauffé au rouge était une masse incandescente et martyrisée. Il s'entendit implorer Dieu de lui permettre de dormir, de perdre connaissance ; mais le supplice de sa bouche écrasée le maintenait éveillé.

*

Le corps de l'Espagnol était raide et froid. Frédéric se glissa sur le côté et se retrouva sur le dos. Il ouvrit les yeux et vit le ciel noir au-dessus des cimes des arbres qui se découpaient dans l'obscurité. La nuit était venue.

Au loin, le fracas de la bataille continuait. Il se redressa au prix d'efforts douloureux et parvint à s'asseoir. Il regarda autour de lui sans savoir quelle direction prendre. Son ventre vide lui causait des élancements terribles et, à tâtons, il chercha la selle du lancier mort. Il ne trouva rien, mais ses mains maladroites rencontrèrent le sabre. De toute manière, sa bouche le brûlait comme s'il y avait un brasier dedans. Il se leva en titubant, le sabre à la main, et entreprit de marcher sous les arbres, ses bottes s'enlisant dans la boue. Peu lui importait où il allait ; son unique obsession était de s'éloigner de ce lieu.

7. La gloire

Il marcha sans but, en s'enfonçant dans le bois. Tremblant et trempé, il s'arrêtait de temps en temps, s'adossait à un tronc d'arbre et portait les mains à sa bouche ravagée qui le faisait gémir de douleur. La pluie avait cessé, mais les branches continuaient à goutter doucement. Entre les broussailles, il pouvait voir au loin les éclairs de la bataille qui se poursuivait zébrer l'obscurité. Le crépitement des décharges était nettement audible ; le combat grondait comme une tempête lointaine.

Les détonations résonnaient parfois dans le bois, non loin de lui, augmentant sa détresse. Il était incapable de déterminer où se trouvaient les lignes françaises ; il devrait attendre le jour pour se diriger vers elles. Il frissonna. La seule idée de tomber aux mains des Espagnols l'angoissait au point de lui arracher des râles d'animal traqué. Il devait sortir de là. Il devait retourner à la lumière, à la vie.

Il buta contre des branches tombées et s'étala de tout son long dans la glaise. Il se releva en pataugeant et rejeta en arrière ses cheveux emmêlés et souillés pour scruter, apeuré, les ombres qui l'entouraient. Dans chacune, il croyait découvrir un ennemi.

Il avait intensément, atrocement froid. Ses mâchoires tremblaient, ce qui augmentait la douleur de ses gencives sanglantes et déchiquetées. De la langue, il palpa les dents qui lui restaient : il avait perdu toute la moitié gauche, et il pouvait sentir, dans l'inflammation monstrueuse, huit ou dix racines éclatées. La douleur s'étendait aux maxillaires, au cou, au front. Tout son corps brûlait de fièvre ; s'il ne trouvait pas un refuge quelconque, l'infection et le froid ne tarderaient pas à avoir raison de lui.

Il distingua une lueur entre les arbres. C'étaient peut-être des Français, et il se dirigea vers elle en priant Dieu de ne pas tomber sur une patrouille espagnole. La lumière augmentait à mesure qu'il se rapprochait ; il s'agissait d'un incendie. Il avança en prenant toutes les précautions possibles, observant prudemment les alentours.

C'était une maison située dans une clairière. Malgré la pluie récente, le feu était vif, dévorant le toit dans un tourbillon de flammèches et se propageant aux branches de plusieurs arbres voisins. Les flammes s'élevaient en arrachant au bois mouillé des jets de vapeur sifflante.

Il y avait un groupe d'hommes près de la clairière. Frédéric pouvait distinguer les shakos et les fusils qui se découpaient sur le flamboiement de l'incendie. De l'endroit où il se trouvait, il ne pouvait savoir s'ils étaient français ou espagnols, aussi resta-t-il tapi dans les arbustes en serrant la poignée de son sabre. Il entendit le hennissement d'un cheval et des voix confuses dans une langue qu'il ne réussit pas à identifier.

Il n'osait pas s'aventurer plus près, de peur de faire du bruit dans les broussailles. Même s'il s'agissait de Français, ils pouvaient lui tirer dessus sans reconnaître l'uniforme sous l'épaisse couche de fange qui lui couvrait le corps. Il attendit un long moment, indécis. Si c'étaient des Espagnols et qu'ils l'attrapaient, il pouvait se considérer comme un homme mort, et peut-être pas avec la rapidité souhaitable en de telles circonstances.

Il était fatigué : vieux et fatigué. Il avait l'impression d'être un vieillard qui aurait pris cinquante ans de plus en quelques heures. La dernière journée défila devant ses yeux gonflés par la fatigue comme s'il s'agissait d'événements remontant à un lointain passé dont toute une vie le séparait. La tente du camp, Michel de Bourmont fumant sa pipe... Michel ! À quoi lui avaient servi sa jeunesse, sa beauté, sa bravoure ? Ce drapeau qui disparaissait au milieu d'un faisceau de lances ennemies, cette plainte d'agonie de la trompette sonnant inutilement la retraite, ces montures sans cavaliers qui erraient dans la vallée saturée de boue sous la pluie... Au moins, se dit-il, en tombant de cheval, Michel avait-il vu la mort en face, comme Philippo, comme Maugny, comme Laffont, comme les autres. Ils n'étaient pas avec Frédéric tapis dans la fange, attendant de voir à tout instant surgir de l'ombre une mort qui les prendrait en traître ; une mort sale, obscure, indigne d'un hussard. Amer, le jeune homme trouva qu'il avait fait une bien longue route pour finir écrasé dans la boue, comme un chien.

Mais attention : il était vivant ! Cette pensée, en se frayant un chemin, finit par lui arracher un sourire, ou plutôt un rictus féroce. Il était encore vivant, son sang battait toujours dans ses veines ; son corps était brûlant, mais il le sentait brûler. Les autres, eux, n'étaient plus que des cadavres sanglants et glacés qui gisaient dans cette vallée... Peut-être les avait-on dépouillés de leurs bottes.

La guerre. Qu'ils étaient loin les enseignements de l'École militaire, les manuels de manœuvre, les défilés devant une foule que faisait vibrer l'éclat des uniformes !... Dieu, s'il y avait un Dieu au-delà de cette sinistre voûte noire d'où suintaient l'humidité et la mort, Dieu concédait aux humains un petit coin de terre afin qu'ils y créent l'enfer à leur aise.

Et la gloire. Merde à la gloire, merde au monde entier, merde à l'escadron. Merde au drapeau pour lequel avait succombé Michel de Bourmont et qui, en ce moment, devait être promené comme un trophée par un lancier espagnol. Ils pouvaient bien tous la garder pour eux, leur maudite gloire, leurs drapeaux, leurs cris de « Vive l'Empereur ! ». C'était lui, Frédéric Glüntz de Strasbourg, qui avait chargé contre l'ennemi, lui qui avait tué pour la gloire et pour la France, et qui était maintenant couché dans la boue, au cœur d'un bois sombre et hostile, transi, brûlant de fièvre, taraudé par la faim et la soif, seul et perdu. Ce n'était pas Bonaparte qui était là, que le diable l'emporte. C'était lui. *Lui*.

La fièvre lui faisait perdre la tête. Ah, Claire Zimmerman, dans sa jolie robe bleue, avec ses boucles blondes qui brillaient à la lumière des chandeliers. Si tu voyais ton fringant hussard ! Ah, Walter Glüntz, respectable et honnête commerçant qui contemplait avec fierté son fils officier ! Si tu pouvais le voir maintenant !..

Au diable ! Au diable tous, avec leur romantique et stupide idée de la guerre. Au diable les héros et la cavalerie légère de l'Empereur. Rien de tout cela ne résistait à cette terrible obscurité, à la lumière éclatante de l'incendie proche.

Il fut pris d'une violente diarrhée. Il déboutonna son pantalon et resta là, accroupi, sentant l'immondice glisser sur ses bottes, angoissé à la perspective d'être surpris dans cette position par les Espagnols. Boue, sang et merde. C'était ça la guerre, et rien de plus, Dieu tout-puissant ! Rien de plus.

Les soldats pliaient bagage. Ils quittaient la clairière illuminée par les flammes sans qu'il ait pu vérifier leur nationalité. Il demeura immobile, blotti, jusqu'à ce que le bruit s'éloigne.

On n'entendait plus maintenant que le crépitement des flammes. S'approcher supposait prendre un risque, celui d'être éclairé. Mais le feu signifiait aussi la chaleur, la vie, et il mourait de froid. Il serra solidement le sabre dans sa main et avança lentement, courbé, sursautant chaque fois que ses bottes clapotaient trop ou brisaient une branche.

La clairière était déserte. Ou presque. La lumière dansante des flammes éclairait deux corps étendus à terre. Il marcha vers eux avec les plus grandes précautions ; tous deux portaient la veste bleue et le pantalon de nankin d'un régiment français de ligne. Ils étaient rigides et froids, sans doute gisaient-ils là depuis plusieurs heures. L'un, la face vers le ciel, avait la bouche déchiquetée par d'innombrables entailles causées par un sabre ou une baïonnette.

L'autre était couché sur le côté, en position fœtale. Celui-là avait été abattu d'une balle.

On leur avait pris leurs armes, leurs buffleteries et leurs gibernes. Un sac était tout près, à côté d'un amas de tisons fumants, ouvert, le contenu répandu sur le sol, souillé et en pièces : deux chemises, des souliers aux semelles trouées, une pipe en terre brisée en trois morceaux... Frédéric chercha fébrilement quelque chose à manger. Il ne trouva au fond du sac qu'un peu de lard qu'il porta goulûment à sa bouche ; mais les gencives enflammées lui causèrent une douleur terrible. Il fit passer le lard du côté droit, sans meilleur résultat. Il était incapable de mâcher. Une forte nausée l'assaillit et il tomba à genoux, vomissant un torrent de bile. Il resta ainsi un moment, la tête dans les mains, jusqu'à ce qu'il se sente un peu mieux. Ensuite, avec l'eau d'une mare, il se rinça la bouche dans une tentative inutile de soulager la douleur ; il se leva et marcha vers les flammes en s'appuyant contre un mur de torchis de la chaumière détruite. La chaleur envahit son corps et lui procura une telle sensation de bien-être que des larmes roulèrent sur ses joues. Il demeura ainsi quelque temps, laissant son uniforme dégager des volutes de vapeur et attendant qu'il sèche un peu.

Il courait un grave danger dans cette clairière, à la lumière de l'incendie. N'importe qui, rôdant dans les parages, pouvait le découvrir. Il pensa une fois de plus aux visages basanés et cruels des paysans, des francs-tireurs, des soldats... Y avait-il une différence, dans cette maudite Espagne ? Dans un effort de volonté, il s'écarta des flammes et alla s'adosser au mur. Ce qui lui restait de raison lui disait que traîner là plus longtemps était un suicide, mais son corps refusait toujours d'obéir. Il s'attarda encore, regarda les flammes, puis l'obscurité du bois aux alentours.

Il était très fatigué. La perspective de se remettre à ramper dans le noir, parmi les broussailles ruisselantes de pluie, le fit hésiter. Il observa son ombre que les flammes faisaient osciller, très longue, à ses pieds. Il était perdu, sûrement voué à la mort. Près du feu, au moins, il ne périrait pas de froid. Il recula sous l'averse de flammèches et de cendres, et découvrit un endroit abrité, près d'un mur de pierre et de torchis, à cinq ou six mètres du brasier. Il s'y recroquevilla, le sabre entre les jambes, posa sa tête sur le sol et s'endormit.

Il rêva qu'il chevauchait dans la campagne dévastée, sur fond d'incendies lointains, au milieu d'un escadron de squelettes revêtus d'uniformes de hussards qui tournaient vers lui leurs crânes décharnés pour le contempler en silence. Dembrowsky, Philippo, Bourmont… Ils étaient tous là.

*

Le froid de l'aube le réveilla. L'incendie s'était éteint et seuls restaient des tisons qui fumaient entre les cendres. Le ciel s'éclaircissait à l'est et, au-dessus des cimes des arbres, brillaient quelques étoiles. Il n'avait pas plu. Le bois demeurait dans l'ombre, mais on pouvait déjà en distinguer les contours.

Le grondement de la bataille semblait avoir disparu ; le silence était total, saisissant. Frédéric se leva en frottant son corps tuméfié. Le côté gauche de son visage était en charpie et le faisait souffrir atrocement, y compris l'oreille qui ne captait plus aucun son ; juste un bourdonnement interne qui semblait sourdre du plus profond du cerveau. La paupière de l'œil gauche était également fermée par l'enflure. Il ne voyait pratiquement rien de ce côté.

Il tenta de s'orienter. Le soleil levant lui indiquait l'est. Il voulut se souvenir de la disposition exacte du champ de bataille, où le bois se situait à l'ouest, près du village que le 8e léger avait attaqué la veille. En faisant des efforts pour se concentrer, il calcula que les lignes françaises, au moment du désastre, se trouvaient au sud-est. La situation pouvait s'être modifiée pendant la nuit, mais cela, il n'avait aucun moyen de le savoir.

Il se demanda qui avait été vainqueur.

Il jeta un coup d'œil dans la direction du jour qui se levait. Il allait marcher jusqu'à la lisière du bois en observant prudemment les alentours et, de là, il essaierait de gagner les collines auxquelles, l'après-midi précédente, s'adossaient les lignes françaises. Il n'était pas très sûr de ses forces : son ventre le tourmentait en l'élançant violemment, sa bouche et sa tête le brûlaient. Il avançait en trébuchant sur les branches et les arbustes et se voyait obligé de s'arrêter régulièrement pour s'asseoir dans la boue. Il marcha ainsi une heure. Peu à peu, la lumière grisâtre de l'aube balaya les ombres et lui permit de distinguer plus clairement ce qui l'entourait. En baissant la tête, il pouvait voir sa poitrine, ses bras et ses jambes couverts d'une couche de glaise sèche et de feuilles ; le dolman était déchiré, la moitié des boutons avait sauté. Il avait les mains rugueuses et écorchées, les ongles brisés sales et noirs. Soudain, il regarda le sabre qu'il tenait à la main et constata avec surprise que ce n'était pas le sien. Il fit un effort de mémoire et se souvint de l'Espagnol entre les jambes du cheval, essayant de tirer son sabre du fourreau. Il éclata d'un rire de dément : il oubliait qu'il avait tué le lancier avec son propre sabre. Le chasseur chassé par le chasseur qu'il voulait chasser. Absurde jeu de mots. Ironie de la guerre.

Une petite clairière entourait une énorme yeuse. Il allait la dépasser quand il vit un cheval mort, portant la selle garnie de peau de mouton caractéristique des hussards. Il s'approcha, intrigué ; peut-être le cavalier était-il près de là, vivant ou non. Il découvrit un corps étendu dans les buissons et s'approcha, le cœur battant. Ce n'était pas un Français. Il avait l'allure d'un paysan, guêtres de cuir et veste grise. Il était couché sur le ventre, les mains crispées sur une escopette. Il souleva la tête par les cheveux et regarda son visage. Il vit des pattes épaisses, une barbe de trois ou quatre jours, une peau jaune, couleur de la mort. Chose par ailleurs logique, compte tenu de la plaie béante en pleine poitrine, d'où avait jailli un torrent de sang, maintenant mêlé à la boue sous le corps. C'était certainement un paysan, ou un franc-tireur. Il n'avait pas encore la rigidité cadavérique, ce dont Frédéric déduisit qu'il n'était pas mort depuis longtemps.

– Faut reconnaître qu'il n'est pas très joli, prononça en français une voix derrière lui.

Frédéric sursauta et lâcha la tête pour se retourner en levant son sabre. À cinq mètres de là, adossé contre le tronc de l'yeuse, il y avait un hussard. Il était à demi assis, en chemise, le dolman bleu couvrant son ventre et ses jambes. Il devait avoir environ quarante ans, une forte moustache et deux longues nattes qui lui tombaient sur les épaules. Ses yeux étaient d'un gris cendré et sa peau très pâle. Son shako rouge était près de lui, le sabre nu de l'autre côté, et il tenait dans la main droite un pistolet braqué sur l'intrus.

Sidéré, Frédéric se baissa pour s'agenouiller devant l'inconnu.

– 4e hussards, murmura-t-il d'une voix à peine audible. 1er escadron.

L'apparition inattendue éclata de rire, mais s'arrêta tout de suite avec un rictus de douleur qui lui contracta le visage. Le hussard ferma un moment les paupières, les rouvrit, cracha de côté et sourit en abaissant son pistolet.

– Très drôle ! 4e hussards, 1er escadron... Moi aussi, je suis du 1er escadron, mon cher... J'*étais* du 1er escadron, oui. N'est-ce pas que c'est drôle ? Bien sûr que ça l'est, sacré bordel de Dieu... Je ne t'aurais jamais identifié, dans cet uniforme recouvert de merde. Je te connais ? Non, je crois que ta propre mère ne te reconnaîtrait pas, avec ta tronche écrasée et enflée comme une outre de pinard. Comment t'es-tu fait faire ça ?... Bon, dis-moi une bonne fois qui tu es, au lieu de rester là, à me reluquer comme une cloche.

Frédéric planta son sabre dans le sol, le long de sa cuisse droite.

– Glüntz. Sous-lieutenant Glüntz, 1re compagnie.

Le hussard le regarda, intéressé.

– Glüntz ? Le jeune sous-lieutenant ?

Il hocha la tête comme s'il avait du mal à admettre qu'il parlait bien à la même personne.

– Sacredieu, je n'aurais jamais été capable de vous reconnaître... D'où sortez-vous, avec une gueule pareille ?

– Un lancier m'a donné la chasse. Nous avons perdu nos chevaux et nous nous sommes battus par terre.

– Je vois... C'est le lancier qui vous a fait ce joli minois, pas vrai ? Quel dommage. Je me rappelle que vous étiez beau garçon... Eh bien, mon lieutenant, excusez-moi si je ne me lève pas pour vous saluer, mais ma santé laisse à désirer. Je m'appelle Jourdan, Armand Jourdan. Vingt-deux ans de service. 2e compagnie.

– Comment êtes-vous arrivé ici ?

– Comme vous, je suppose. En galopant comme une âme qui a le diable au cul, et trois ou quatre cavaliers à veste verte qui me chatouillaient les fesses avec leurs lances... J'ai réussi à les semer en entrant dans le bois. J'ai erré toute la nuit sur le pauvre Falu, la brave bête qui est maintenant près de vous, morte d'un coup d'escopette. C'est l'enfant de putain dont vous admiriez le visage tout à l'heure qui me l'a tué.

Frédéric se retourna vers le cadavre de l'Espagnol.

– On dirait un franc-tireur... C'est vous qui l'avez descendu ?

– Bien sûr que c'est moi. Ça s'est passé il y a environ une heure ; Falu et moi, on essayait de rejoindre les lignes françaises, au cas où elles existeraient toujours, quand ce quidam est sorti des buissons et nous a tiré dessus à bout portant. Mon pauvre cheval a été le plus mal loti...

– Il contempla tristement l'animal mort. – C'était un bon et fidèle ami.

– Qu'est devenu l'escadron ?

Le hussard haussa les épaules.

– Je n'en sais pas plus long que vous. Possible qu'à cette heure il n'existe plus. Ces lanciers nous ont bien eus, en nous laissant passer et en nous chargeant ensuite sur le flanc. J'étais avec quatre camarades, Jean-Paul, Didier, un autre que je ne connaissais pas, et ce sergent petit et blond, Chaban… Ils les ont attrapés derrière moi, un par un. Ils ne leur ont pas laissé la moindre chance. Avec les chevaux épuisés par trois charges, c'était comme chasser des cerfs attachés à un piquet.

Frédéric leva la tête et vit, à travers les plus hautes branches, de grands espaces bleus.

– Je me demande qui a gagné la bataille, dit-il, songeur.

– Qui peut le savoir ? répondit le hussard. En tout cas ni vous ni moi, mon lieutenant.

– Vous êtes blessé ?

Son interlocuteur regarda Frédéric en silence pendant un moment, puis un sourire sarcastique apparut au coin de ses lèvres.

– Blessé n'est pas le mot exact, dit-il avec l'expression d'un homme qui savoure une plaisanterie qu'il est le seul à comprendre. Vous avez vu l'escopette du défunt ? – Du bout de son pistolet, il indiquait l'arme. – Vous voyez cette baïonnette de cinq pouces de large ajustée au canon… ? Eh bien, juste avant d'être expédié en enfer, ce bougre d'enfant de putain engendré par un évêque a eu le temps de me l'enfoncer dans les tripes.

Tout en parlant, le hussard écarta le dolman de son ventre, et Frédéric poussa un cri d'horreur. La baïonnette était entrée par la jambe gauche un peu au-dessus du genou et avait déchiré latéralement toute la cuisse et une partie du bas-ventre. Par l'effroyable plaie, pleine de caillots de sang, on voyait luire des os, des nerfs et des morceaux d'intestins. Avec son ceinturon et les lanières de la sabretache, le hussard avait comprimé la cuisse dans une tentative inutile de resserrer les bords de la brèche.

– Vous voyez, mon lieutenant, commenta-t-il avant de remettre le dolman en place, vous voyez, je suis salement arrangé. Par chance, je ne souffre pas trop ; j'ai tout le bas du corps comme endormi... Ce qui est curieux, c'est qu'en m'entrant dedans, la baïonnette n'a pas dû toucher d'artère ; sinon, il y aurait belle lurette que je me serais vidé de mon sang.

Frédéric était épouvanté par la froide résignation du vétéran.

– Vous ne pouvez pas rester ainsi, balbutia-t-il, sans bien savoir ce qu'il pouvait faire pour le blessé. Il faut que je vous emmène quelque part, trouver de l'aide. C'est... c'est affreux.

Le hussard haussa de nouveau les épaules. Tout cela semblait le laisser indifférent.

– Vous ne pouvez rien faire. Ici, au moins, adossé à cet arbre, je suis bien.

– On pourra peut-être vous soigner...

– Ne dites pas de bêtises, mon lieutenant. D'ici une heure, avec toute cette saleté, c'est l'infection assurée. En vingt-deux ans, j'ai vu un tas de cas semblables, et ce n'est pas à un grognard comme moi qu'il faut raconter des histoires... Le vieil Armand sait bien quand les jeux sont faits.

– Si on ne vous prête pas secours, vous mourrez irrémédiablement.

– Avec ou sans secours, je suis cuit. Je n'ai pas envie de me promener partout en marchant sur mes tripes. Je préfère être ici, tranquille et à l'ombre. Vous feriez mieux de vous occuper de vos propres affaires.

Ils restèrent tous deux silencieux pendant un long moment. Frédéric assis par terre, les bras autour des genoux; le hussard les yeux clos, la tête appuyée contre le tronc de l'yeuse, indifférent à la présence du jeune homme. Finalement, Frédéric se leva, arracha son sabre du sol et s'approcha du blessé.

– Puis-je faire quelque chose pour vous avant de partir?

Le hussard souleva lentement les paupières et regarda Frédéric comme s'il était surpris de le voir encore là.

– Oui, vous pouvez, dit-il avec effort en montrant le pistolet qu'il tenait toujours dans ses doigts. Je l'ai déchargé contre ce quidam, et j'aimerais avoir une balle au cas où un autre se présenterait... Auriez-vous l'obligeance de le charger? Il y a tout ce qu'il faut avec la selle.

Frédéric prit le pistolet par le long canon et se dirigea vers le cheval mort. Il trouva un petit sac de poudre et des balles. Il chargea l'arme, tassa avec la baguette, de façon à ce qu'il n'y ait plus qu'à tirer. Il la porta au blessé, en lui donnant aussi le reste de la poudre et des munitions.

Le hussard contempla l'arme d'un air satisfait, la soupesa un moment dans sa paume et manœuvra le chien.

– Vous désirez autre chose? s'enquit Frédéric.

Le hussard le dévisagea. Un éclair d'ironie passa dans ses yeux.

– Il y a un petit village du Béarn où vit une brave femme dont le mari est soldat en Espagne, murmura-t-il, et Frédéric crut percevoir dans sa voix une trace lointaine de tendresse qui disparut immédiatement. En un autre moment, mon lieutenant, je vous aurais probablement dit le nom du village, au cas où vous seriez passé par là... Mais maintenant, c'est sans importance. D'ailleurs, pour être franc, vous puez la mort, comme moi. Je doute beaucoup que vous retourniez en France, ni nulle part.

Frédéric le regarda, désagréablement surpris.

– Que dites-vous ?

Le hussard ferma les yeux et reposa sa tête sur le tronc.

– Partez d'ici, ordonna-t-il d'une voix faible. Fichez-moi la paix.

Frédéric s'éloigna, confus, le sabre à la main. Il passa près des cadavres du cheval et du franc-tireur, et se retourna encore pour jeter un regard derrière lui, consterné. Le hussard restait immobile, les yeux fermés et le pistolet à la main, indifférent au bois, à la guerre et à la vie.

Il marcha un moment dans les broussailles et s'arrêta pour reprendre son souffle. À ce moment-là, il entendit la détonation. Il laissa tomber le sabre, mit son visage dans ses mains et éclata en sanglots.

*

Un peu plus tard, il reprit sa marche. Il ignorait où se trouvait l'est, où était l'ouest. Le bois était un labyrinthe dans lequel il était impossible de s'orienter, un piège qui sentait la putréfaction, l'humidité, la mort. Le cauchemar était sans fin, son corps tuméfié pouvait à peine faire un pas, la douleur au visage le rendait fou. Il regarda ses mains vides, vit qu'il avait oublié le sabre et retourna le chercher ; mais, après quelques pas, il s'arrêta. Au diable le sabre, au diable tout. Il continua sans but précis, errant, trébuchant et se cognant aux arbres. Sa vue se brouillait, la tête lui tournait comme emportée par un tourbillon. La fièvre le faisait délirer à voix haute. Il parlait avec ses camarades, avec Michel de Bourmont, avec son père, avec Claire... Il avait compris, il avait fini par comprendre. Comme Paul sur le chemin de Damas, il était tombé de cheval... L'idée lui arracha des éclats de rire qui résonnèrent, spectraux, dans le silence du bois. Dieu, la Patrie, l'Honneur... La Gloire, la France, les Hussards, la Bataille... Les mots sortaient de sa bouche l'un après l'autre, il les répétait sur tous les tons. Il était en train de devenir fou, oui, sur sa vie. Ils le rendaient tous fou, là, autour de lui, en lui chuchotant des absurdités sur le devoir, sur la gloire... Le hussard moribond était le seul qui comprenait la question, c'était pour ça qu'il s'était tiré un coup de pistolet. Il était malin, le vieux renard, il avait su prendre le bon raccourci. Bien sûr ! Les autres n'avaient pas la moindre idée de rien, romantique et stupide Claire, malheureux Michel... De la merde, de la boue et du sang, voilà ce que c'était. Solitude, froid et peur, une peur si démente et si épouvantable qu'elle donnait envie de hurler d'angoisse pure et nue.

Il hurla. Malgré la douleur de sa bouche enflée et suppurante, il hurla jusqu'à ne plus s'entendre lui même. Il hurla vers le ciel, vers les arbres. Il hurla vers le monde entier, il insulta Dieu et le diable. Il embrassa un tronc d'arbre et se mit à rire au milieu de ses larmes. Le dolman couvert de glaise sèche était raide comme une cuirasse. Il l'arracha et le jeta dans les broussailles. Belle étoffe, artistement brodée, ça oui ! Elle se décomposerait dans l'humus de ce bois pourri, avec Noirot, avec le hussard qui s'était tiré une balle, avec tous les imbéciles, hommes et bêtes, qui se laissaient attraper dans cette ronde macabre. Et peut-être, bientôt, avec Frédéric lui-même.

Il devenait fou. Il était en train de devenir fou. Oui, fou, malédiction ! Où était Berret ? Où était Dembrowsky ? Ou était le colonel Letac, une charge, messieurs, hum, et ces pouilleux détaleront à travers toute l'Andalousie... ? En enfer, au diable, tous ! Il s'était laissé piéger comme un imbécile. Eux aussi, pauvres bougres, ils s'étaient laissé piéger. L'univers entier s'était laissé piéger : pour l'amour de Dieu, n'y avait-il donc personne pour s'en rendre compte ? Alors qu'on lui fiche la paix, à lui aussi. Il voulait seulement partir d'ici ! Qu'on lui fiche la paix, par pitié... ! Il était en train de devenir fou et il n'avait que dix-neuf ans !

Le hussard agonisant avait raison. Les vieux soldats, il le découvrait maintenant, avaient toujours raison. C'était pour ça qu'ils se taisaient. Ils *savaient*, et la connaissance, la sagesse les rendaient silencieux. Ils savaient, et au diable le reste. Mais ils ne le racontaient à personne ; les vieux renards étaient malins. Oui, ils savaient que tout homme est seul au milieu des autres, et que c'est à chacun d'apprendre pour son compte. Chez eux, il n'y avait pas de bravoure, il y avait seulement de l'*indifférence*. Ils étaient de l'autre côté du mur, au-delà du bien et du mal, comme le grand-père de Frédéric, le vieux Glüntz qui s'était laissé mourir, fatigué d'attendre la mort. Il n'y avait rien à faire, le chemin était effroyablement clair. Honneur, Gloire, Patrie, Amour... Il existait un point de non-retour, auquel on arrivait tôt ou tard, où tout devenait superflu, acquérait ses limites précises, sa dimension exacte. Elle était là, plantée au milieu du chemin, avec sa faux aussi mortelle qu'un escadron de lanciers. Il n'y avait rien d'autre, pas d'issue pour fuir. C'était absurde de courir, absurde de s'arrêter. Il ne restait qu'à marcher calmement à sa rencontre et en finir une maudite fois pour toutes.

Tout parut soudain évident à Frédéric, d'une simplicité élémentaire. Il fit halte et poussa même une exclamation, surpris de n'avoir pas été capable de s'en apercevoir plus tôt. Il arriva en titubant à la lisière du bois et s'arrêta de nouveau, encore émerveillé de sa découverte, émacié par la fièvre, défiguré et couvert de boue, les cheveux en désordre et les yeux brillants comme des braises. Il contempla le bleu du ciel, les champs semés d'oliviers couleur cendre, les oiseaux qui volaient sur ce qui avait été un champ de bataille, et il éclata d'un rire formidable qui s'adressait à tout ce qui l'entourait.

Il s'assit sur une souche d'arbre, une branche morte dans les mains, remuant d'un air absent la terre entre ses bottes boueuses. Et quand il vit approcher de la lisière du bois un parti de paysans armés de faucilles, de pieux et de couteaux, il se leva lentement en redressant la tête, regarda leurs visages basanés et attendit, immobile et serein. Il pensait au grand-père Glüntz, au hussard blessé sous la grande yeuse. Il ne ressentait plus qu'une indifférence fatiguée.

Majadahonda, juillet 1983

Table

DU MÊME AUTEUR

Le Tableau du maître flamand
Jean-Claude Lattès, 1993
Le Livre de Poche, n° 7625

Le Club Dumas ou l'ombre de Richelieu
Jean-Claude Lattès, 1994
Le Livre de Poche, n° 7656

Le Maître d'escrime
Éditions du Seuil, 1994
et « Points », n° P154

La Peau du tambour
Éditions du Seuil, 1997
et « Points », n° P518

La Neuvième Porte
Jean-Claude Lattès, 1999

Le Cimetière des bateaux sans nom
Éditions du Seuil, 2001
et « Points », n° P995

La Reine du Sud
Éditions du Seuil, 2003
et « Points », n° P1221

Les aventures du capitaine Alatriste
déjà parus

Le Capitaine Alatriste
Éditions du Seuil, 1998
et « Points », n° P725

Les Bûchers de Bocanegra
Éditions du Seuil, 1998
et « Points », n° P740

Le Soleil de Breda
Éditions du Seuil, 1999
et « Points », n° P753

L'Or du roi
Éditions du Seuil, 2002
et « Points », n° P1108

Le Gentilhomme au pourpoint jaune
Éditions du Seuil, 2004

Achevé d'imprimer sur les presses de

BUSSIÈRE

GROUPE CPI

à Saint-Amand-Montrond (Cher)
en mars 2005

Édition exclusivement réservée
aux adhérents du Club
Le Grand Livre du Mois
15, rue des Sablons
75116 Paris
réalisée avec l'autorisation des éditions du Seuil

N° d'impression : 051357/1.
Dépôt légal : avril 2005.
ISBN : 2-286-00861-2

Imprimé en France